ウディ・アレンの
浮気を終わらせる3つの方法

井上一馬：訳

白水社

ウディ・アレンの 浮気を終わらせる3つの方法

CONTENTS

リヴァーサイド・ドライブ

登場人物

フレッド
ジム
バーバラ

幕が開く。ニューヨークは曇り空で霧も少し出ている。舞台はハドソン川沿いの人目につかない場所で、欄干《らんかん》にもたれて、川面《かわも》に浮かぶボートや、対岸のニュージャージーの川岸を眺めることができる。住所で言えば、ウェストサイドの七十丁目か八十丁目あたり。

四十代から五十代とおぼしき作家のジム・スウェインは苛々《いらいら》しながら人を待っている。行ったり来たりしながら時計をチェックし、携帯電話で相手を呼び出してみるが、応答はない。どうやら彼はここで誰かと待ち合わせしているらしい。

ジムは両手をこすり合わせ、霧雨《きりさめ》の按配《あんばい》を調べ、薄霧の湿り気を感じて上着の襟を立てる。

そこへ、無精髭《ぶしょうひげ》をはやした巨体のホームレスの男が、ふらりと現われる。ジムと同じくらいの年格好の宿なしの男で、ジムのほうに視線を漂《ただよ》わせる。男の名前はフレッド。

フレッドがふらふらとジムのほうへ近づいてきたので、ジムも否応《いやおう》なくフレッドの存在に気がつく。とくに恐がっている様子はないが、ひと気のない場所で悪臭を放つ巨体の男と二人だけという状況に、警戒心を働かせている。それに加えてジムは、いま自分が待っている人物と会うことを、人に知られたくないと思っていた。が、フレッドは彼のことを放っておいてはくれない。

フレッド　あいにくの雨だな。（ジムは同意するように頷くが、それ以上話は続けたくないと思っている）小糠雨《こぬかあめ》だな。（ジムはかすかに笑みを浮かべて頷《うなず》く）いや、霧雨と小糠雨の中間だから、糠雨《ぬかあめ》って言うべきなのかな。

ジム　うん。

フレッド　（間）見てみろよ、川の流れの速いこと。あそこに帽子を投げたら、二十分で海だな。

ジム　（渋々だが礼は失せずに）ああ、まあ……。

フレッド　（間）このハドソン川はアディロンダック山に源《みなもと》を発して五百六十キロの旅をしたあと、あの広大な大西洋に流れ込むんだ。

ジム　なるほど。

フレッド　なるほど？　あんた、川が反対方向に流れたらどうなるか、考えたことあるか？

ジム　いや、ないですね。

フレッド　大混乱だよ。世界中《じゅう》が大パニックさ。帽子を投げると、海へ行かないで、パウキージーの山のほう上《のぼ》っていっちまうんだぜ。

ジム　まあ、そりゃそうですけど……。
フレッド　パウキージーに行ったことは？
ジム　え？
フレッド　パウキージーに行ったことはあるかって？
ジム　僕が？
フレッド　（まわりを見回し、ほかに人がいないことを確認して）ほかに誰がいるよ？
ジム　なんでそんなことを聞くんですか？
フレッド　むずかしい質問じゃないだろ。
ジム　パウキージーに行ったことがあったら、なんだって言うんですか？
フレッド　あるのか？
ジム　（答えようかどうか迷うが、やがて意を決して）いや、ないですね。これでいいですか？
フレッド　だったら、なんでそんなに後ろめたそうなんだよ。
ジム　悪いけど、いまちょっと取り込み中なんだ。
フレッド　あんた、ここにはしょっちゅう来てるわけじゃないよな？
ジム　え？
フレッド　なるほどな。

ジム　いったいなんなんだよ。金をせびるつもりなのか？　だったら、これをやるよ。
フレッド　おい、待てよ。俺はただ、ここにはよく来るのかどうかきいただけだぜ。
ジム　（苛々《いらいら》して）来ないよ。僕はただ待ち合わせをしてるだけさ。僕にはいま考えることがたくさんあるんだ。
フレッド　よりによってこんな日にな。
ジム　こんな天気になるなんて思わなかったのさ。
フレッド　テレビの天気予報、見ないのか？　テレビじゃ天気予報ばっかりやってるような感じだぜ。アパラチア渓谷で突風でも吹いた日にゃ、リヴァーサイド・ドライブはこうなる、ああなるって、そりゃあもう大変なもんだ。ったく、勘弁してほしいよ。
ジム　話ができてよかったよ。
フレッド　ったく、この霧でニュージャージーのほうさえ見えないな。
ジム　いいんだ。ありがたいことに……。
フレッド　そうだな。俺もそいつはお断わりだよ。
ジム　いや、ほんの冗談で、僕は……つまり、僕はその……。
フレッド　ふざけようとした？　見栄《みえ》を張ろうとした？
ジム　いや、ちょっと皮肉を言おうとしただけさ。

フレッド　わかるよ。
ジム　わかる？
フレッド　モントクレアのことを俺がどう思ってるか、あんたにはわかってる。
ジム　モントクレアのことを君がどう思ってるかなんて、僕にわかるわけがないだろ。
フレッド　だったらそれでいいよ。
ジム　ああ、そうだね、じゃあ、僕は自分の問題に戻らせてもらうとするよ。（時計を見る）
フレッド　彼女は何時に来ることになってるんだい？
ジム　いったいなんのことだい。頼むから、僕をひとりにしておいてくれ。
フレッド　ここは自由の国だ。俺にはここで好きなだけニュージャージーのほうを見ている権利がある。
ジム　そうかい。でも、僕には話しかけないでくれよ。
フレッド　聞いたって答えなけりゃいいだろ。
ジム　（携帯電話を取り出す）なあ、警察に電話してほしいのか？
フレッド　で、なんて言うんだよ。
ジム　君がしつこく物乞いをして、僕を困らせているって。
フレッド　俺がその携帯を取り上げて川へ投げたらどうなるかな。二十分後には大西洋に流れつくだろう。もちろん、流れが逆なら、パウキージーに流れつく。パウキージーに？　いや、タリータウンだったか？

ジム　（少し怯《おび》えると同時に怒りも覚えて）次に聞かれるかもしれないんでいちおう言っとくけど、僕はタリータウンには行ったことがあるよ。

フレッド　で、どこに泊まったんだい？

ジム　ポカンティコ・ヒルズさ。昔そこに住んでたんだ。これでいいかい？

フレッド　いま、そこは「スリーピー・ホロー」って呼ばれてるよ。観光客にはそのほうが受けがいいんだ。

ジム　ああ、なるほど。

フレッド　ワシントン・アーヴィングの小説の主人公イカボド・クレインもリップ・ヴァン・ウィンクルも、金儲けのためにみんな一緒くたにされてるよ。

ジム　あのさ、僕はいま考えごとをしてて……。

フレッド　おい、俺たちはいま文学の話をしてるんだぜ。あんた、作家だろ。

ジム　そんなこと、どうして知ってるんだよ？

フレッド　おいおい、俺を誰だと思ってるんだよ。

ジム　服装でわかるとでも言うつもりかい？

フレッド　服装で？
ジム　ツイードのジャケットにコーデュロイのパンツ。それで作家だと思ったんだろ？
フレッド　ジャン＝ポール・サルトルは、三十歳を過ぎたら、人は自分の顔に責任があると言った。
ジム　カミュだよ、それを言ったのは。
フレッド　いや、サルトルだ。
ジム　カミュだよ。サルトルが言ったのは、人はその職業の特徴を帯びるってことさ。ウェイターは徐々にウェイターらしく歩くようになるし、銀行員は銀行員らしく振る舞うようになる。みんな、そうなりたいと思うからね。
フレッド　だけど、あんたは違うぜ。
ジム　僕は、そうならないように努めてるのさ。
フレッド　そうさな。型にはまるのは簡単だからな。型にはまっちまえば消え去ってしまうこともない。サルトルの『壁』の中に出てくる奴らもそうだった。処刑される奴らは、目の前に立ちはだかる壁になりたがった。岩の中に溶け込んで、固くて不変の永続するものになりたがったんだ。言い換えれば、生き永らえるってことさ。
ジム　（彼に目を見張ったあとで）今度改めてそのことについて話したいものだね。
フレッド　いいね、いつにする？

ジム　いまはちょっと忙しいもんだからね……。
フレッド　だから、いつならいいんだって。昼飯でもって言うなら、俺はいつでも空《あ》いてるぜ。
ジム　はっきりいつとは言えないよ。
フレッド　俺は以前アーヴィングを下敷にして面白いもんを書いたことがある。
ジム　アーヴィングって？
フレッド　ワシントン・アーヴィングさ。おいおい、しっかりしてくれよ。さっき、イカボド・クレインの話をしたばっかりじゃないか。
ジム　話がまたそこへ戻ったとは思わなかったんだよ。
フレッド　主人公の「頭のない男」は、自分の頭を小脇に抱えて田舎道を馬で走ってる。そいつは戦争で殺されたドイツ人の兵士なんだ。
ジム　ヘッセン人だろ。
フレッド　で、その男が終夜営業の薬局に馬で乗り込むと、頭が言うんだよ。ひどい頭痛がするんだって。と、薬屋が、この超強力エキセドリンを二錠飲め、と言う。で、体のほうが金を払って、頭がその薬を飲むのを手伝ってやる。そしてそれからしばらくして、夜も更《ふ》けた頃、橋を渡っているときに、頭が言うんだ。最高の気分だよ。頭痛がしなくなって生まれ変わったような気がする、と。それを聞いて、体はだんだん悲しくなってくるんだ。自分は不幸だ、たとえ腰痛が起きても、自分には体だけで頭がついてないから救いがない、と考えてな。
ジム　どうして体が考えられるんだよ?
フレッド　んなこたあ、誰も疑問に思やしねえよ。
ジム　どうしてさ。どう考えたって変じゃないか。
フレッド　だからなんだよ。だからあんたには構成や会話の才能はあっても、着想がなっちゃいないって言うんだ。だからあんたは俺のことを当てにせざるを得《え》なくなるんだ。まったく、うす汚ない真似をしやがって。
ジム　何をしたって?　いったいなんの話をしてるんだ?
フレッド　金の話をしてるんだよ。金と権利関係の話をな。
ジム　悪いけど、僕は人と待ち合わせをしてるんだ。
フレッド　わかってるって。彼女は遅くなるよ。
ジム　わかってなんかいないさ。人のことにはかまわないでくれ。
フレッド　わかったよ。あんたは女と会うことになってるから、ひとりになりたいっていうわけか。だったらさっさとビジネスの話を片づけちまおうぜ。そうすりゃ、俺は行くよ。
ジム　ビジネスってなんだよ。
フレッド　次にあんたは、これはカフカの不条理の悪夢かって言い出すんだろうな。

ジム　カフカより悪いよ。
フレッド　お、そうかい？　じゃあ、ポストモダンってか？
ジム　いったい何が望みなんだ。
フレッド　あんたの映画の著作権使用料の一部と、名前のクレジットさ。すでに配給されちまったプリントにクレジットは入らないだろうけど、ロイヤリティーのほうはいただかなきゃならないし、今後のプリントにはちゃんとスペースをとって俺の名前を入れてもらわなくちゃならない。著作権料の五十パーセントとは言わんが、それなりのものはもらわないとな。
ジム　君、気でも狂ったのか。なぜ僕が君にそんなものをあげなくちゃならないんだよ。
フレッド　アイデアを出したのは俺だからさ。
ジム　アイデアを出した？
フレッド　そうさ。あんたはそれを俺から奪ったんだ。
ジム　僕が君のアイデアを奪った？
フレッド　そうさ。そして、あんたが書いた初めての映画の脚本はめでたくも売れて、映画は大当りしているようだから、俺は俺にふさわしい取り分が欲しいと言ってるっていうわけさ。
ジム　僕は君のアイデアなんか取ってないよ。
フレッド　ジム、とぼけるのはよそうじゃないか。

ジム　君こそふざけるのはやめてくれ。それから、僕をジムなんて呼ぶのもね。
フレッド　いいだろう。じゃあ、ジェームズだ。脚本家ジェームズ・L・スウェイン。だけど、みんなあんたのことはジムって呼んでるぜ。
ジム　どうしてそんなことが君にわかるんだよ。
フレッド　そういう現場をこの目で見て、この耳で聞いたからさ。
ジム　どこで？　ああ、いったい君はなんの話をしてるんだ。
フレッド　ジム・スウェイン。セントラルパーク・ウェスト、七十八丁目。車はBMW《ビーエムダブリユー》。ナンバー・プレートの文字柄はジンボー・ワン。いや、ジンボー・ワンはジミー・コナーズで、あんたじゃなかった。だが、俺はあんたがテニスボールを打とうとしてるところを見たことがある。だから、俺をだまそうなんて考えないことだ。
ジム　僕のことをつけてたのか。
フレッド　あのネズミみたいなブルーネットの女、ローラって言ったっけな。
ジム　僕の妻は断じてネズミみたいなんかじゃない！
フレッド　わかったよ。「ネズミみたいな」っていう形容詞は正しくなかったな。しかし、かといって、齧歯《げっし》動物みたいなっていうのも変だろ。
ジム　彼女は美しい女性だよ。

フレッド　まあ、主観の問題だな。
ジム　君はいったい、自分を何様だと思ってるんだ。
フレッド　彼女の前で言うつもりはないよ。
ジム　僕は彼女の夫で、彼女のことを愛してるんだ。
フレッド　だったら、なぜ裏切ってるんだよ。
ジム　なんだって？
フレッド　もうひとりのほうも見たことがあるってことさ。あっちは安っぽくはないよな。
ジム　僕にはもうひとりなんていないよ。
フレッド　じゃあ、これから会うのは誰なんだよ。
ジム　君には関係ないだろ。ここから消えうせないなら、警察を呼ぶぞ。
フレッド　これから密会をしようっていう人間がいちばんしたくないことだろうな、それは。
ジム　僕の妻の名前がローラだって、どうして知ってるんだい？
フレッド　だから、あんたがそう呼んでるのを聞いたんだよ。
ジム　つまり、君は僕のことをストーキングしてたのか。
フレッド　俺がストーカーに見えるか？
ジム　見えるとも。

フレッド　俺は作家だ。少なくとも昔はな。自分の想像力を自分でコントロールできなくなるまではな。
ジム　君の想像力に僕はついていけないよ。
フレッド　そうだろうよ。だから俺のアイデアを盗んだんだろ。
ジム　僕はあんたのアイデアなんて盗んでないって。
フレッド　単なるアイデアじゃない。あれは俺の自伝みたいなものだったから、あんたは俺の人生を盗んだとも言えるんだ。
ジム　もし僕の映画と君の人生に似てるところがあったとしても、それは単なる偶然だよ。保証する。
フレッド　俺は訴訟なんて起こすタイプの人間じゃない。世の中には裁判が好きな連中もいるけどな。
（少し威嚇するように）俺は当事者間で解決したいと思ってるんだ。
ジム　僕がどうやって君のアイデアを盗むんだよ。
フレッド　俺がプロットについて話してるのを盗み聞きしたんだろ。
ジム　どこで、誰に話してたんだよ。
フレッド　セントラル・パークさ。
ジム　僕があんたの話をセントラル・パークで聞いたっていうのか？
フレッド　そうさ。

ジム　誰に話してたんだよ。いつのことだよ？
フレッド　ジョンにさ。
ジム　ジョン？
フレッド　そう、ジョンだ。
ジム　ジョンって、どのジョンだよ。
フレッド　ビッグ・ジョンさ。
ジム　ビッグ・ジョン？
フレッド　そう、そのとおり。
ジム　そのビッグ・ジョンっていうのは、いったいどこのどいつのことだよ。
フレッド　知らん。ホームレスのひとりさ。いや、ひとりだった、と言うべきだな。どっかの施設で喉《のど》をかっ切られたって聞いたからな。
ジム　君がホームレスの男にしていた話を、僕が盗み聞きしたって言うのか？
フレッド　そう、そしてそれを利用したんだ。
ジム　君のことなんか、僕は見たこともないよ。
フレッド　おいおい、俺はあんたのことを何か月もストーキングしてたんだぜ。
ジム　僕をストーキングしてた？

フレッド　そう、だから俺は、あんたのことはなんでも知ってる。それなのにあんたは俺に気がつきさえしなかったと言う。俺は小さい男じゃないんだぜ。こんなにでかいんだ。あんたの首を片手で真っ二つにすることだってできるだろうよ。
ジム　（不安になって）ねえ、いいかい、君が誰であろうとも、僕は神に誓って……。
フレッド　俺の名前はフレッドだ。フレッド・サヴィッジ。作家にはもってこいの名前だと思わないか。最優秀オリジナル脚本賞は……この封筒の中に……見事受賞したのは『ザ・ジャーニー』のフレデリック・R・サヴィッジとジェームズ・L・スウェインです。
ジム　『ザ・ジャーニー』を書いたのは僕で、アイデアも僕のものだよ。
フレッド　いや、あんたは俺がジョン・ケリーに話しているのを盗み聞きしたんだ。ジョンの奴め、かわいそうに。奴がヨーク・アヴェニューを歩いているときに、ピアノを持ち上げていたロープが緩《ゆる》んで……ああ、なんとむごたらしい……。
ジム　ジョンは施設でナイフで切られたんじゃなかったのかい？
フレッド　一貫性にこだわるなんて、小さい、小さい。
ジム　なあ、フレッド。僕は誰かのアイデアを盗んだことなんてないし、そもそも僕にはそんな必要もないんだ。僕には自分のアイデアがたくさんあるからね。それに、たとえアイデアがなくなったって、僕はそんなことはしないよ。

フレッド　あのストーリーが何よりの証拠だ。神経衰弱で入院したことも、土壇場でパニくったことも、ゴムを口に入れられて電気ショックを受けたことも……ああ……そりゃあ、たしかに俺は狂暴だったよ。
ジム　狂暴だった？
フレッド　中でも外でもな。
ジム　僕、なんだかちょっとヤバい気がしてきたんだけど。
フレッド　心配するなって。彼女はきっと来るさ。
ジム　彼女のことじゃない、君のことだよ。いいかい、君が作家だと言うんなら……。
フレッド　昔って言ったろ。神経衰弱になる前のことさ。あの不快感に襲われる前、俺にはちゃんとエージェントもいたんだ。
ジム　不快感？
フレッド　鬱《うつ》さ。あれは二度とご免こうむりたいね。
ジム　エージェントっていうのは？
フレッド　広告のエージェントさ。俺はコマーシャルの台本を書いてたんだ。さっきの超強力エキセドリンの話みたいな奴さ。あれはうまくいかなかったがな。視聴者の反応を試してみたんだが、からっきし駄目だった。デカルト的すぎたんだな。

ジム　で、君はその……混乱したわけだね。
フレッド　それは関係ないさ。奴らが俺のアイデアを拒否しようがすまいが、そんなことはどうだっていい。あんなグレーのスーツに身を包んだ実利主義者ども。そうじゃなくて、俺の問題は別のことが原因で起きたのさ。
ジム　というと？
フレッド　ネットワークを組織して陰謀を企《くわだ》てた奴らがいるのさ。そのネットワークは、俺を破滅させて屈服させ、精神的にも肉体的にも打ち砕くために組織されたんだ。そのネットワークは複雑で、しかも巨大で、いまではＣＩＡからキューバの地下組織まで、さまざまな組織に秘密諜報員をもぐり込ませている。悪意に満ち満ちた集団で、奴らは俺から仕事も妻も、多少ともあった銀行預金も奪い取りやがったんだ。奴らは俺のことをつけまわし、電話を盗聴し、俺の精神科医とは暗号を使って通信を行った。エンパイア・ステート・ビルの屋上から送った電気信号を、俺の内耳《ないじ》を通過させて、マーサズヴィンヤードのゴムボートまで直接届けたんだ。だからな、てめえのお涙頂戴《ちょうだい》話《ばなし》を俺の前でして、紳士面《づら》して俺をごまかそうなんてことは考えないことだ。
ジム　驚いたよ、フレッド。僕らは率直に話し合わないといけないね。僕は君のために正しいことがしたいし……。
フレッド　だったらしろよ。恐がる必要なんてないぜ。まだ正気を失うほど薬から遠ざかってるわけじゃないし、少なくとも俺が思うには……。
ジム　薬って？
フレッド　統合失調症治療薬をいろいろと混ぜたやつさ。
ジム　いわゆるカクテルっていうやつだね。
フレッド　ああ。だが、俺はそれをお洒落《しゃれ》なグラスじゃあ飲んでいないがな。
ジム　だけど、薬は飲まないとまずいんじゃないかな？
フレッド　平気さ。あんたもほかの奴らのように俺のことを責める気か。
ジム　いや、そんなことは……。
フレッド　はっきり言いなよ。
ジム　いや、僕はただ、僕が君のアイデアを盗むなんてことは不可能だということを論理的に証明してみせようとしただけで……。
フレッド　俺の人生さ。俺の人生を、きさまは盗んだんだ。
ジム　君の人生……君の自伝って言ったほうがいいのかもしれないけど、とにかく僕はそんなことをしてないってことを順を追って証明できると思うよ。
フレッド　論理なんてものは当てにできないね。あんたは俺の人生を盗んだんだ。俺の魂をな。
ジム　僕には君の人生なんて必要ないんだよ。僕にはちゃんと自分の人生があるんだから。

フレッド　俺の人生なんて必要がねえだと？
ジム　別に、侮辱するつもりで言ったんじゃないんだ。
フレッド　なあ、あんたストレスを感じてるだろ。
ジム　ああ、感じてるさ。
フレッド　しかも、彼女はひどく遅い。悪い兆候だな。
ジム　僕も驚いてるんだ。いつもは時間に正確だからね、彼女は。
フレッド　たぶん、何かおかしいことに気づいたんだろうな。俺があんただったら、ここは慎重に事を運ぶね。
ジム　そうしてるさ。僕はただ、僕の映画は僕の……。
フレッド　僕らの、だろ。
ジム　じゃあ、「あの」映画ってことにしよう、それでいいかな。あの映画は、たまたま僕が舞台をニュージャージーに設定して、ある特定の精神病院の悪事を描いたものなんだ。
フレッド　俺はそこにいて、それをされたんだよ。
ジム　ああ、だけど、似たような体験をした人間はたくさんいるだろ。だからそれは彼らの体験だっていうことだって、当然できるじゃないか。
フレッド　いや、違うね。あんたは俺の話を盗み聞きしたんだ。俺はビッグ・ジョン・ケリーに、こいつは映画にしたらけっこうなものになるとさえ言ってたんだ。とくに主人公の男が火を放つところはな。

ジム　そういうことが君の人生にもあったのかい？

フレッド　一部始終を覚えてるよ。

ジム　僕は知らないよ、誓ってもいい。

フレッド　俺はいくつかのビルを燃やすようにという指令を受けたんだ。

ジム　指令を？　誰から？

フレッド　ラジオさ。

ジム　ラジオから指令が聞こえてくるのかい？

フレッド　あんた、もしかして俺が嘘をついてるとでも言いたいのかな？

ジム　いや、めっそうもない。

フレッド　俺は別にいつも……ああと、なんて言ったっけな、あれは専門用語で。

ジム　妄想性分裂症《もうそうせいぶんれつしょう》？

フレッド　なんだと？

ジム　いや、僕はただ助け船を出そうとしただけで……。

フレッド　ったく、どいつもこいつも専門用語を使いやがって。専門用語なんてのはみんな意味を歪曲《わいきょく》しているにすぎねえんだ。前は早発性痴呆症《そうはつせいちほうしょう》って言ってたんだ。こっちのほうが名前としちゃあ洒落《しゃれ》てるよな。意味を歪曲してるっていうよりは、糊塗《こと》してると言ったほうがいいだろう。たとえば、若い女が両親に会わせるために恋人を家に連れてきて、「あのね、この人がマックス、彼、躁鬱症《そううつしょう》なの」と言ったとする。言われたほうはどう思うと思う？　かわいい娘が結婚しようとしてる相手の男は、月曜日にはクライスラーのビルから飛び下りようとし、火曜日にはブルーミングデールに置いてあるありとあらゆるものを買い漁《あさ》ろうとする。そんなイメージを抱くだろ。だがよ、そうじゃなくて、「この人がマックス、彼、躁と鬱のあいだを行ったり来たりしてるの」と言ったとする。と、何か、すげえ奴みたいに聞こえないか。こちら、世界を股にかけて行ったり来たりしちゃってる探検家で、躁鬱探検隊長のリチャード・バード提督です、みたいな。

でもな、実際はそうじゃないんだよ、ジム。あいつらは、俺の症状にもっと凡庸《ぼんよう》な名前をつけやがったんだ。気が変なとか、いかれたとか、そういうんじゃなくて……ふざけてるんじゃないんだぜ俺は……あいつらは、フレッド・サヴィッジは殺人的傾向のある、気まぐれな精神病質者だと言いやがったんだ。

ジム　殺人的傾向のある？

フレッド　あんた、もしかしてレッテル愛好者か？

ジム　いや、あのね、フレッド、君も自分に妄想的なところがあるってことに気づいてるんなら、僕が君のアイデアを盗んだっていうあの話も、もしかしたら現実の話じゃないんじゃないかって思えるんじゃないのかい？

フレッド　何が現実かなんて誰が決めるんだよ。俺たちは分子なのか？　それとも光線なのか？　あらゆるものは膨張してるのか、収縮しているのか？　ブラックホールへ入って物理学の法則が停止しても、俺にはまだ、玉《たま》たまをとめておくサポーターが必要なのか？

ジム　なあ、フレッド、君には間違いなく教養があるし……。

フレッド　ブラウン大学、優等卒業。サンスクリット語に堪能な文学博士。「ゲーテとショーペンハウエルとショーペンハウエルの母親の三角関係が引き起こした肯定的な影響」に関する論文で博士号を取得。そんな俺が広告会社で何をしてたかと言えば、神経衰弱を患《わずら》ってたのさ。だがそれは、三流の奴らに俺の超強力エキセドリンのコマーシャルのコンセンプトがわからなかったからじゃない。奴らには俺のアイデア全般の独創性が理解できなかったんだ。ひとつ例をあげよう——売春宿に八人の娼婦がいるとする。そこへ男がひとりやって来て、行ったり来たりしながら、女の品定めをする。やがて男はそこにいた女たち全員をパスして、隅にあった傘立てを選ぶ。男はそれを両腕に抱えて廊下を歩いていき、ベッドに寝かせると、その傘立てと激しく情熱的な性交をする。そこで画面は切り換わり、フォルクスワーゲンのビートルを運転している男が映し出される。そして画面には、個性的なテイストをもった男のためのフォルクスワーゲンが大映しされるというわけだ。

ったく、これのどこが悪いっていうんだよ。

それ以来、俺はまるでシーズン・チケットでも持っているみたいに、精神病院を出たり入ったりしてきた。そして俺は職を失い、ガールフレンドのヘンリエッタにも捨てられたんだ。あいつだけはこの俺にも耐えられると信じてたのに。あいつ自身の障害もかなりひどかったからな。まあ、あいつのは、ひいき目に見れば、熱核爆弾級のマゾヒズムと言えるかもしれないけど。

そうなんだよ、ジム、俺はあいつに追い出されてひどく動転しちまって……泣いたよ。しょっぱい涙がこの紅《あか》い頬《ほ》っぺたをどれくらい流れ落ちていったことか。俺はなんとかして彼女を取り戻そうとして、彼女が俺に対して新たに抱くようになった嫌悪感を和らげるにはどんなものを贈ったらいいか、さんざん、探しまわったものだった。彼女、アンティークの宝石が好みだったんで、俺は古いピン止めかヴィクトリア朝時代のブローチならいいんじゃないかと思って、サード・アヴェニューのアンティーク・ショップでうってつけの奴を選んだんだ。そのとき、たまたま、うちのキッチンにぴったりの一九四〇年代のいかしたラジオが俺の目に飛び込んできた。赤いプラスチックのフィルコだよ。で、それを家へ持って帰ってスイッチを入れると、驚いたことに、俺が以前正社員として働いてた広告会社を燃やしちまえ、と命じるアナウンサーの声が聞こえてくるじゃないか。あんな楽しかったことは、後にも先にもあのときしかないね。おい、あんた、聞いてるよな？

ジム　とても悲しい話だね。

フレッド　俺はあのヘンリエッタのことを愛していたんだ。あいつの注意欠陥障害のせいで四十秒以上会話を続けることは無理だったけど、彼女といると、なぜか気力が高揚したんだ。そういう事情があったから、俺はあんたの悲惨な愛情生活に同情することもできたんだよ。

ジム　僕の愛情生活にはなんの問題もないよ。

フレッド　ジム、俺は一緒に脚本を書いてる仲間なんだぞ。

ジム　僕は君と一緒に脚本なんて書いてないよ。

フレッド　あんたには共作者が必要なんだよ。

ジム　僕は、生まれてこのかた共作なんてしたことはないよ。

フレッド　あんたは、構成のほうはうまいんだ。だが、着想のほうは助けがいるんだよ。俺はアイデアマンだからな。まあ、たしかにフロント・ポーチ夫妻の話はちょっと前衛的すぎたかもしれないが。

ジム　僕にはちゃんと自分のアイデアがあるよ。

フレッド　あったら、俺のアイデアを借用なんかしないだろ。

ジム　だから、そんなことしてないってば。

フレッド　天才は染色体に宿る。あんた、俺のＤＮＡが暗闇の中で光ってるって知ってたか？

ジム　僕にアイデアがないって、どうして君は決めつけるんだい？

フレッド　俺はあんたのことをかなりの……プロだと思ってる。それは間違いない。だってあんた、脚色のほうは相当やってるだろ。オリジナルじゃなくて。いっぽう、俺のほうはオリジナルそのもの、ストラヴィンスキーとか……ケチャップみたいなもんだ。だからあんたの作品で価値があるのは、まず第一に俺のアイデアなのさ。そこにはエキスもあれば、きらめきもある。

ジム　あの脚本のアイデアはシャワーを浴びてるときに浮かんだんだ。

フレッド　（乱暴にジムのほうに向き直って）いい加減なこと言うなよ。いいから、俺に俺の分の半分をよこすんだ！

ジム　頼む、頼むから、落ち着いてくれ。

フレッド　ったく、あんたの愛情生活には問題がないだって？　じゃあ、あんた、ローラに隠れて、こそこそ何やってるんだよ。

ジム　そんなこと、君に関係ないだろ。

フレッド　そうさ、それはあんたの関係さ。

ジム　僕は浮気なんかしてないよ。

フレッド　ローラのどこがいけないんだよ。

ジム　何も。

フレッド　詳しくはわからんが、毛深いとか、そういうことか？

ジム　やめてくれ。君は僕が愛してる女性の話をしてるんだぞ。
フレッド　じゃあ、何がいけないんだよ。
ジム　だから何もないって。
フレッド　なあ、ジム。
ジム　何もないよ。
フレッド　なあ、だからさ、ジム。
ジム　双子が生まれるまでは、なんの問題もなかったんだ。
フレッド　そう、完璧に瓜《うり》ふたつの双子が、灰色の予兆をもたらしたんだよな。
ジム　あの子たちは二人ともかわいいよ。
フレッド　だけど男の子だからな。女の子ならかわいい服も着せられるが。
ジム　あの子たちは、思わず抱きしめたくなるぐらいかわいいし……。
フレッド　しかも瓜ふたつで。
ジム　だからなんだよ。
フレッド　二人ともローラみたいなネズミ顔なのかな？
ジム　あの子たちが生まれるまでは、僕らの結婚生活は完璧だったんだ。
フレッド　誰がそう言ったんだい？

ジム　ほんとなんだ。なんの問題もなかったんだよ。
フレッド　問題がなかっただけなのか？　うまくいってたんじゃなくて。
ジム　好みもかなり一致してたし……。
フレッド　どんな好みか、二つ例をあげてみてくれ。
ジム　コネチカットで過ごす週末、それから自然食品。
フレッド　なんだか眠たくなってきたぜ。
ジム　スキューバダイビングも好きだったし、優《すぐ》れた本の話をするのも好きだった。
フレッド　水中で本の話をするのか？
ジム　彼女がピアノを弾いて、僕がバリトン・サックスを吹くこともあった。
フレッド　反対じゃなくてよかったよ。
ジム　からかいたいなら、そうするがいいさ。
フレッド　性生活のほうはどうだったんだい？
ジム　そんなこと、君になんの関係もないだろ。
フレッド　彼女のあの二本のでかい前歯な、あれ、やっぱり痛いのか？
ジム　どうして君はそう小賢《こざか》しく低俗なんだ。
フレッド　俺はただあんたの置かれてる状況を理解しようとしてるだけさ。で、どのくらいの割合で愛し合ってたんだよ。
ジム　しょっちゅうさ。あの双子が生まれるまではね。
フレッド　あんた、基本的には牧師様の体位を好むほうだろ？
ジム　（うんざりして）僕らだってそれなりにいろいろ試してみたさ。
フレッド　というと？
ジム　なんでそんなことを知りたがるんだよ。
フレッド　仲間だからさ。
ジム　（うんざりして）そうだな。（少し間を置いて）一度だけ、三人でプレーしたことがあるよ、これで満足かい？
フレッド　もうひとりの女は？
ジム　女じゃなくて男だ。
フレッド　あんた、両刀遣《りょうとうづか》いなのか？
ジム　僕は彼には指一本触れてない。
フレッド　誰が言い出したんだい、三人でやろうって。
ジム　彼女さ。
フレッド　なぜかな。

ジム　ある晩、そういうのをＡＶチャンネルで見たんだよ。
フレッド　そういうの、いつも見てるのか？
ジム　なわけないだろ。だけど、たまに見ると、参考になることもあるんだよ。
フレッド　なるほど。やっぱりあんたは人のを参考にするんだな。
ジム　彼女の両親の家で、感謝祭のディナーのあいだにしたこともある。
フレッド　みんな七面鳥を食べてて上を見なかったのか？
ジム　バスルームでだよ。
フレッド　つまり、急に催《もよお》したってわけだな。
ジム　どうしてそう話をつまらなくするんだよ。
フレッド　ローラは感じたのか？
ジム　あれはちょっと言葉では表現しようがないね。
フレッド　女はイッた振りをするって言うからな。
ジム　彼女にはそんな振りをする理由はどこにもないだろ。
フレッド　あんたに自信をもたせなくちゃならんからな。きっと、あんたが彼女を満足させてないって知られたくなかったんだろうな。
ジム　僕はセックスのほうには絶大な自信があるんだ。

フレッド　あんた、知ってるかい？
ジム　何を？
フレッド　犬には自分の尻尾《しっぽ》が見えないんだよ。
ジム　どういう意味だよ、それ。
フレッド　まあ、自分のことはちょっとひいき目に考えてるかもしれないってことさ。
ジム　そんなことはないよ。
フレッド　じゃあ、なんでローラがイッた振りなんかするんだよ。
ジム　それは君が言ったことだろ。
フレッド　まあ、そういうメッセージを受け取ったからな。
ジム　メッセージ？
フレッド　エンパイア・ステート・ビルの屋上からのメッセージさ。俺はあのビルのどでかいアンテナから発信される電波を感じてて、そのどれもが、ローラはイク振りをしてるって言ってるんだ。
ジム　なあ、いいかい、僕はできるだけ合理的に……。
フレッド　そして、やがて双子のデイヴィッドとヤスが生まれた。
ジム　カーソンとジャンゴだ。
フレッド　まじで？

ジム　ローラはカーソン・マッカラーズの大ファンだし……。
フレッド　あんたはジャズの演奏をする、だから……。
ジム　たしかに、ありきたりの名前ではない。
フレッド　でも、二人のことを愛してる。
ジム　もう、メロメロさ。でも、ローラもあの子たちにメロメロなんだ。で、突然すべてが変わってしまったんだよ。すべてのことがあの二人のためになって、僕のため、僕らのための時間はなくなってしまったんだ。
フレッド　もう、水中でプルーストの話をすることはなくなっちまったっていうわけだな。
ジム　当然、セックスもまた、なくなった。
フレッド　そして、あんたは浮気を始めた。
ジム　そうだ、そうなんだよ。
フレッド　うーん、なるほどな。いいか、よく聞けよ。愛人のことは諦《あきら》めたほうがいい。心を痛めるだけだ。
ジム　君のアドバイスなんて必要ないよ。僕は今日、そうしようと思ってたんだ。彼女がここにやってきたらね。
フレッド　あんたが終わりにしたがってることに感づいて、来ないのかもな。

ジム　いや、彼女はまったく気づいてない。話したら、ほんとに驚くと思うよ。
フレッド　へえ、そうかい。それじゃあ、そのへんでじっくり観察させてもらうよ。
ジム　ああ、浮気するなんて、いったい僕は何を考えていたんだ。半年も、うす暗いレストランやうす汚いバーや安っぽいホテルの部屋で惨《みじ》めに過ごすなんて。しかも、こそこそ電話をかけたり、緊張したり、自己嫌悪におちいったりして……。
フレッド　あんたの精神科医はなんて？
ジム　やめろって言ったさ。
フレッド　で、あんたは……。
ジム　やめたさ。精神科医のところへ行くのをね。
フレッド　それが正解だよ。奴らはテープレコーダーを隠してるって話だからな。
ジム　ゆうべ家に帰ったら、ローラがソファに座ってたんだ。丸くなって、まるで……。
フレッド　モルモットみたいだったってか？
ジム　やめてくれ。僕が言おうとしたのは、ずっと僕の親友でいてくれた、優しい、品《ひん》のある女性のようだったってことだよ。
フレッド　まさか、あんた、あっちの女にうまい話をしてないよな。何か約束とか、愛してるとか、奥さんと別れるかもしれないとか。

ジム　神に誓って、いかなる意味でも、あり得《え》ないね。
フレッド　だけど、どうしてだか、あんたはそれを言ったっていう電波を感じるんだよな。
ジム　ナンセンスだね。
フレッド　いや、俺にもよくわからんのだが……。
ジム　彼女は僕と一緒にカリブ海へ行きたがっていたんだ。五日間ね。だから、僕は、ローラに嘘をついて、出張だと言わなければならないところだったんだ。
フレッド　行くって言ったのか？
ジム　いや、そこまでは言ってない。考えてみるって言ったんだ。ちょっと油断したっていうかね。お互い、服は脱いでたし、マルガリータを三杯も飲んでしまってね。おまけに、グラスの縁に塩がたくさん盛ってあって。ほら、僕はいつもは塩分を控えてるだろ。だから、あれをなめたら、突然、興奮してハイになってしまって……。
フレッド　（ローラを真似て両手を下向きに丸めて見せながら）だが、家へ帰って、あんたの大切な人を見たら……。
ジム　そうなんだ。あの、嘘をつこうとした瞬間、僕は、たとえいろいろと問題はあってもローラを愛してるってことに、そして自分が愚かだったってことに気づいたんだ。
フレッド　こりゃあ、修羅場《しゅらば》になるかもしれんな。

ジム　修羅場になんてなりゃしないよ。彼女は大人だし、僕も大人だからね。
フレッド　強情だって言ってたじゃないか。
ジム　そんなこと言ってないさ。
フレッド　俺が聞いたあの声は、たしか、あんたのだと思ったけどな。
ジム　なあ、こんなの、よくある話じゃないか。浮気相手と縁を切るなんて、みんなが毎日やってることだろ。
フレッド　あんたがこんなうらさびしい場所を選んだのは、ひと騒動起きると踏んだからなんだろ。
ジム　ねえ、どうして僕はいま、君と女の話なんかしてるのかな？　君の見方はあらゆる点で歪《ゆが》んでるよ。
フレッド　俺だって結婚してたことはあるんだ。
ジム　君が？
フレッド　まあ、あんまりよくは覚えちゃいないんだがな。何しろ、直流と交流の両方の電波が頭の中を駆けめぐって、記憶がメチャメチャになってるから。だけど、相手の女が四六時中警察に通報してたのはよく覚えてるんだ。
ジム　あのね、ちょっと言ってもいいかな。
フレッド　どうぞ、どうぞ。

ジム　早く帰って薬を飲んだほうがいいんじゃないかな。冗談言ってるわけじゃないんだ。冗談なら、薬をしこたま、とかなんとか言ってるだろうからね。僕はね、彼女がここへ来たときに、君にいてほしくないんだよ。僕はひとりでうまくやれるから。
フレッド　そうかい。だったらさっさとビジネスのほうの話を片づけちまおうじゃねえか。そしたら、俺は消えるよ。
ジム　ビジネス？　ビジネスの話なんて、なんにもないよ。僕は君のアイデアを拝借してなんかいないんだから。
フレッド　まあ、次の作品で金のほうを清算して、名前もタイトルロールの最初に出してもらうってことになるのかな。
ジム　次の作品なんてないよ。僕は共作なんてしないんだ。仕事はひとりでするんだよ。僕はね……ああ（バーバラがやってくるのに気づく）ああ、ああ、ああ、行ってくれ、さあ、行くんだ。
フレッド　あんた、真っ青になってるぜ。
ジム　彼女が来たんだよ。
フレッド　そうかい。まあ、そう慌《あわ》てなさんなって。
ジム　君がいると気が散るんだよ。
フレッド　俺はただ、ちょっとした騒ぎになると思うって言っただけだぜ。

ジム　どうしてそんなこと言うんだよ。
フレッド　だから、エンパイア・ステート・ビルからさ……。
ジム　いや、大丈夫。何も問題はないよ。彼女に聞かせる話だって、シャワーを浴びながら練習してきたんだ。一時間半もシャワーを浴びてね。だから、言うべきことは片言《へんげん》疑わず頭の中に入ってる。さあ、だからもう行ってくれ。

バーバラが登場する。

バーバラ　遅くなってごめんなさい。こちら、どなた?
ジム　ああ、あれね、知らない。

ジムは頭を振って、フレッドに立ち去るように合図を送ろうとする。

バーバラ　首が痙攣《けいれん》でもしたの。
ジム　(フレッドにお金を手渡して)さあ、これが君が欲しがってた金だ。これで、どっかでまともな食事をするといい。じゃあ、元気で、よろしくね。ハッハッハ……。

フレッド　フレッド、フレッド・サヴィッジです。ジムの友達です。
バーバラ　あら、ジム、あなた、そんなこと何も……。
ジム　冗談を言ってるんだよ。
フレッド　一緒に脚本を書いてるんです。
バーバラ　一緒に脚本を？
フレッド　『ザ・ジャーニー』を一緒に書きましてね。俺のアイデアを、こいつが脚本にしたんです。
　（ジムをせっつきながら）ほら、ほら。
バーバラ　何？　どうしたの？
フレッド　ジム、さあ、彼女に言ってやれよ。
バーバラ　私に何を言うの？
ジム　フレッド、頼むから、僕らを放っておいてくれないか。
フレッド　また、いい加減なことを言っちゃうんじゃないか？
バーバラ　ジム、どうかしたの？
フレッド　はっきり言うのがいちばんいいんだ。
ジム　放っといてくれよ、フレッド。
フレッド　バーバラ、ジムはあんたに話があるんだ。

バーバラ　なんのこと？　いったいこれはなんの真似なの？
フレッド　あんたたちの浮気についてだよ。
ジム　フレッドは頭がおかしいんだ。彼は頭のおかしい浮浪者なんだ。
フレッド　さあ、ジム、話をするんだ。さもなければ、俺が話すぜ。
バーバラ　いったいどういうことなの？
ジム　君には関係ないことだよ。
バーバラ　あなたに共作者がいたなんて知らなかったわ。
ジム　そんなものはいないよ。
フレッド　俺はただのアイデアマンで、構成やセリフを考えるのはジムなんだ。ただし、俺だって、セリフが書けないわけじゃない。昔は、日本製のあの素晴らしいエアコンのコマーシャルで最高のコピーを書いたことがある。
ジム　なあ、フレッド……。
フレッド　「このエアコンはお洒落で、静かで、あなたのお尻をばっちり冷やしてくれるんです」。まあ、会社側は気に入ってくれなかったけどな。
ジム　どこか、二人きりになれるところへ行こう。
フレッド　バーバラ、ジムはカリブ海へは行けないんだ。奴は奥さんのことを思ってるんだよ。

バーバラ　ジム、あなた……。
フレッド　ローラに話そうとはしたんだ。だけど、彼女に面《めん》と向かったら、怖《お》じ気《け》づいちまったんだ。
バーバラ　信じられない。
ジム　バーバラ、わかってほしい。
バーバラ　本当のことなの？　すべてはオジャンっていうわけ？
ジム　僕には無理なんだ、バーバラ。決心したんだよ。
バーバラ　あなた、このあいだは私にべたべたまとわりついてきて、あれやこれや大きいことを……。
ジム　言い出したのは君のほうだよ。僕は旅行なんかしたくなかったんだ。
バーバラ　あなたは私のことをさんざん利用しておいて、用が済んだらローラのところへ帰るっていうの。
ジム　僕は君のことを利用なんてしていないよ。僕らはお互いに十分理解し合ってたじゃないか。
バーバラ　あなた、私のことを、あなたの脚本に出てくる登場人物みたいに、好き勝手に操れるとでも思ってるのね。
ジム　僕はただ、ちょっとヒートアップしすぎて重たくなりすぎたと思ったから、手の施《ほどこ》しようがなくなる前に……。
バーバラ　悪いわね、ジム、もう手の施しようがなくなってるわ。私、ローラと直接話をする。

ジム　ローラと話をする？
バーバラ　そうよ。私が直接話せば、彼女もわかってくれると思うの。（間。絶望してまわりを見回す）
ジム　（すがるように）頼むよ、バーバラ。
バーバラ　あなたが私よりも彼女のことを愛してるとは私には思えない。だから彼女に会って、片をつけるわ。
ジム　（フレッドに向かって）何か言えよ、君は僕の共作者なんだろ！
フレッド　俺はただのアイデアマンさ。セリフはあんたの担当だよ。
ジム　いまこそフレッシュなアイデアが必要なんだよ。
フレッド　なあ、バーバラ……バーバラって呼んでもいいかな？
バーバラ　どこの誰だか知らないけど、あっちへ行って。
フレッド　俺の名前はフレデリック・R・サヴィッジだ。どこにも名前は出ちゃいないけど、ジムの映画第一作を一緒に書いた人間だ。同時に俺は、コードレス電話とインスタント・コーヒーの発明者でもある。
ジム　フレッド、頼むよ。
フレッド　（少し大きな声で）え？　そうかい、わかったよ。
バーバラ　いろんな約束をしたでしょ。

ジム　冗談じゃない。約束なんて、ひとつも……。

フレッド　バーバラ、わかってやってくれよ。人間って弱いもんだろ。家庭内にもいろいろあって……性的にも行き詰まって……そこへ、君のように魅力的な人間が現われたら、男はイチコロさ。奴はあれやこれや空想して舞い上がっちまった。が、ある晩、目の前にいる家族を見て、思い出が洪水のように押し寄せてきて、罪悪感が体中《からだじゅう》に広がったんだ……それとちょうど同じ晩に、ヴェガ星を飛び立った小さな宇宙船から磁気線が発せられて、それが奴の頭蓋骨の内部に宿って……。

ジム　フレッド、君は僕を助けたいんじゃないのか？

バーバラ　悪いけど、ジム、私たちがお互いを抱きしめ合ってたとき、あなたが考えていたのはローラのことじゃないわ。

ジム　君は誤解してたんだよ。いや、誤解してたのは僕のほうかもしれないけど……とにかく、僕はひどい過ちを冒してしまったから、できればそれを元へ……。

バーバラ　ああ、なんてことかしら。ちょっと考え直す必要があるわね。だけど、これだけははっきり言っときますけど、私はこのまま泣き寝入りするようなお人好《ひとよ》しじゃないわよ。ちゃんと、この落とし前はつけてもらいますからね。

ジム　どういうことだい？

バーバラ　まだ私にもわからないけど、このまま何事もなく逃げ出せると思ったら大間違いだってことよ。昔から言うでしょ。愛を得られないなら、金をとれって。
ジム　それは脅しじゃないか。
バーバラ　あの安ホテルに初めてチェックインしたときに、よく考えるべきだったわね。いま主導権を握ってるのは私のほうよ。いずれ連絡するわ。

バーバラ、立ち去る。

フレッド　わかってるよ。シャワーを浴びてるときはすべてうまくいったんだろ。
ジム　フレッド、なあ、フレッド、僕、どうしたらいいだろう？
フレッド　ひとつだけはっきりしてるのは、彼女には一セントたりとも払ったらだめだってことだ。
ジム　だめなのかい？
フレッド　切りがないよ。一度払ったら、もっともっと要求されて、最後の一セントまで絞《しぼ》り取られる。子供たちだって公立の学校へ行くはめになるぜ。
ジム　ローラに話したほうがいいね。それしか方法は……。
フレッド　そうかな？
ジム　底意地の悪い他人の言うことよりは自分の直観を信じたほうがましだよ。

フレッド　そうかな？
ジム　それに、そうすれば、バーバラだって僕を脅迫できなくなる。
フレッド　半年も浮気してたなんてローラに言えるわけないだろ。
ジム　どうしてさ。花を買って帰って……。
フレッド　植物園の花を総動員しても十分とは言えないだろうな。
ジム　誰だって、浮気してしばらくしてから間違いに気づくんじゃないのか。
フレッド　そんなふうに割り切れるもんじゃないさ。それに、ローラには不貞は絶対に許すことができないんだ。子供の頃、彼女がそれでどれほど苦しめられたことか。
ジム　どうして君がそんなことを知ってるんだ。
フレッド　犬に聞いたのさ。
ジム　彼女にはなんでもなかったって言うよ。ただの、ちょっとした戯《たわむ》れだったって。
フレッド　そいつはいい。世の女房族のお気に入りのセリフだ。ローラもにっこり微笑《ほほえ》んで、離婚届を取ってきてくれるだろうよ。
ジム　否定したらどうなるかな？　ヒステリックな見知らぬ女と僕の言うことと、彼女はどっちを信じるかな？
フレッド　おいおい。

ジム　もうだめだ、僕はお終《しま》いだ。ここから脱け出す方法はない。僕は罪を犯して、地獄へ落ちるんだ。

フレッド　ちょっと待てよ。いままたラジオの電波が来はじめてる。頭の中に入ってくるのを感じるんだ。

ジム　電波は必要ないよ。僕にいま必要なのは創造的なアイデアなんだ。頼むよ、僕らは二人とも作家だろ。

フレッド　くそっ、なんだか雑音が多くて……。

ジム　金を払わないとすれば……。

フレッド　この天気は送信には向いてないな。

ジム　僕はいったいなんてことをしてしまったんだ。父親の犯した罪はその子供にも降りかかる。

フレッド　ああ、まったく苛々する。

ジム　引越はできないかな。モーターホームを買って、車で動き回ってれば、彼女に見つからないかもしれない。

フレッド　誰か電子レンジを使ってやがるな。

ジム　いや、だめだ。もうどうしようもない。

フレッド　待てよ、待ってくれ。よし、キャッチしたぞ。

ジム　何をキャッチしたって？
フレッド　あんたの問題の解決策が俺の大脳皮質のガンマ・チャンネル２０００に記録されたのさ。
ジム　すごいね。僕の頭にはケーブルなんてついてないよ。
フレッド　あんたは彼女とおさらばする必要がある。
ジム　へーえ、それが君の自慢の洞察力かい？
フレッド　わかってないなあ、彼女と完全におさらばするんだよ。
ジム　どういうこと？
フレッド　声の主は、永久に葬り去ること、と言ってる。
ジム　そうかい、だけど、どうやって？　殺すのは問題外として、他に方法は……。（フレッドの言おうとしたことに気づく）なあ、フレッド、僕は真面目に話をしようとしてるんだ。
フレッド　俺は大真面目さ。
ジム　真面目だ？　彼女を殺すのが？
フレッド　それ以外にあんたの家族を崩壊から救う道はないね。
ジム　どうやら薬を飲まない期間が長すぎたようだね。
フレッド　緑色の合図が来てるんだよ。それは進めってことなんだ。
ジム　悪いけど、僕は彼女を殺したりはしないよ。

フレッド　殺さないって？
ジム　君は精神病なんだよ。
フレッド　そうさ。で、あんたはまだ神経症を患ってるにすぎない。だから、俺にはあんたに教えてやれることがたくさんあるんだ。俺のほうが、ずっと進んでるんだからな。
ジム　とにかく、それは解決策にはならないよ。なるとしても、僕にはそんなことはできない。できるとしても、僕はやらない。
フレッド　どうしてだよ。創造力の天才のひらめきなんだぜ。
ジム　それは精神的にも道徳的にも知的にも、間違ってる。狂気の沙汰だよ。
フレッド　想像を絶した世界へ跳躍するんだ。
ジム　そのことはもう考えないでくれ。
フレッド　問題はどうやったらいちばんうまくいくかだな。
ジム　そんなことは問題じゃないよ。
フレッド　俺はあんたにつかまってほしくはない。ニューヨーク州ではいま死刑もあり得るからな。あの、死に至る薬物注射の対象になったんじゃ、あんただって浮かばれないものな。
ジム　そうだね、できれば、あれは避けたいもんだね、フレッド。
フレッド　ちょっと待てよ。俺たちは、先を急ぎすぎたかもしれないぞ。あの女は異星人だ。いや、コンピュータで作られているのかもしれない。
ジム　その話はいいよ。
フレッド　あんたが彼女のすべての要求に応じなければ、彼女は、ローラにすべてをばらす。だが、ローラはあんたを愛してて、信頼もしてる。だから、双子を産んだあとも子供に縛られることはあまりなかった。そうだ、万事うまくいくよ。で、あんたは毎年、感謝祭にはまたセックスができる。
ジム　話が飛躍しすぎてるよ。
フレッド　そんなことはない。あんたがまともすぎるだけさ。いいか、八方塞《ふさ》がりのときは、ひとっ飛びするに限るんだよ。
ジム　君はひとっ飛びでいいかもしれないけど、僕のほうはそれで薬物注射を受けるんだよ。
フレッド　つかまらないさ。完璧な計画を立てようじゃないか。
ジム　つかまるとかつかまらないとかじゃなくて、僕は嫌なんだよ。間違ってるんだ。汝《なんじ》、殺すべからず、だよ。
フレッド　なんだ、それは？　例の、ヤッピーのためのエチケット読本にでも載ってるのか？
ジム　もう帰ったほうがいいな。
フレッド　明日から帰る家がなくなるぜ。
ジム　どうして僕にはこうなることが見通せなかったんだろう？

フレッド　それはあんたが羊だからさ。想像力のない、優しい中流の羊だからさ。
ジム　僕は妻を裏切ってしまった。
フレッド　そのとおり。そして離婚したら、罪のない子供たちにどんな影響が及ぶことか。瓜ふたつの人間がいる人生でもなんとかうまくやっていけそうだったのに。
ジム　だけど、彼女を殺すなんて問題外だよ。
フレッド　それ以外にどうやって、彼女がローラに話すのを阻止するんだよ。他にどんな方法がある？
ジム　わからないよ。ああ、すごい頭痛がしてきた。
フレッド　鍼《はり》を試してみな。だけど、脊髄のすぐ近くには針を刺させないことだ。俺はやられちまったがな。
ジム　フレッド、頼む、やめてくれ。
フレッド　彼女、どこに住んでるんだい？
ジム　コロンビア大学の近くさ。ああ、フレッド……。
フレッド　マンションか？　お前の顔を知ってるドアマンがいるのか？
ジム　ああ、いるよ。
フレッド　階数は？

ジム　十一階だ。
フレッド　エレベーターに人は？
ジム　いや、いない。ドアマンだけだ。
フレッド　二十四時間いるのか？　おそらく……。
ジム　ドアマンはときどき休憩を取って珈琲《コーヒー》を買いに行く。
フレッド　そのとき、あんたが裏の階段から……。
ジム　いや、だめだ。ドアマンがいなくなるのはせいぜい十分くらいだからね。十一階まで階段を昇って彼女を殺して降りてくるまでには戻ってきてるよ。
フレッド　あの女はあんたとの関係を誰かに話したかな？　友達はいるのか？
ジム　僕らのあいだの秘密だったはずだ。僕はそう聞いてるよ。
フレッド　どこかで手袋を買う必要があるな。
ジム　もちろんだ。指紋をあっちこっちに残したんじゃ、僕は……おい、ちょっと待ってくれ。僕はいったいなんの話をしてるんだ。僕には彼女を殺すつもりなんてないよ。
フレッド　やらなきゃだめなんだよ、相棒《バディ》。殺《や》るか、ローラと子供たちにバイバイするか、どっちかだ。
ジム　しかし、それは人間のやることじゃない。僕が彼女の部屋に忍び込むだって？

フレッド　そう、そのとおり。
ジム　そして僕は呼鈴《よびりん》を鳴らす。
フレッド　前もって電話しておくから、彼女はあんたのことを待っている。
ジム　そして、彼女の首を絞めるのか？
フレッド　どうしたいんだよ、あんたは？　あんたの好きにしな。絞め殺す、窒息させる、包丁で刺す……。
ジム　電話線で首を絞める？
フレッド　どうぞ、どうぞ。
ジム　それとも、ビニール袋を頭にかぶせるか。
フレッド　自殺か強盗のように見せないとな。
ジム　そうだな。遺書をでっち上げるか、もっといいのは、ちょっと頭を使って、彼女に自分でそれを書かせることだ。彼女は雑誌の仕事をなくしたばかりだから、孤独な女性、人生を悲観して……ってことになる。
フレッド　俺の計画を話してもいいかな。彼女と同じ血液型の血が手に入るなら、こういう手がある。あんたは銃と弾を買い、ペンチを使って一個の弾から鉛を取り出す。そして、手に入れた血液を銃弾の形に凍《こお》らせ、薬莢《やっきょう》の中へ入れる。それからあんたは彼女のマンションへ行って、彼女の胸を撃つ。彼女は凍った血の銃弾によって殺されるが、同じ血液型のその血は彼女の体内で溶けていく。警察が彼女の死体を発見しても、銃弾はどこにも見当たらない。彼女の体にはただ穴がひとつあるだけで、弾が貫通した痕跡もない。（少し大きな声で）いいねえ。

ジム　こういう手も考えられる。道に何か落としておいて、それを拾った人間の指紋をそこにつける。それから彼女を行きつけのホテルに連れていき、サムとフェリシティ・アーボガスト夫妻の名前でチェックインし、部屋で彼女を殺したあと、他人の指紋のついた証拠品を残して、非常階段からホテルを脱け出す。

フレッド　フェリシティって名前はどうかな。ちょっと風変わりすぎないか。

ジム　変えるのは簡単だよ。なんなら、ジェインにしようか。

フレッド　それに、それだとフロントに筆跡が残るだろ。警察には筆跡鑑定のプロがごまんといるんだぜ。

ジム　フロントでは左手でサインすればいいさ。

フレッド　おいおい、そいつはちょっとどうかな。

ジム　どうして？

フレッド　彼女をクロゼットに閉じ込めて、鍵穴からゴムのホースを差し込んで、空気を全部抜いちゃう、なんてのはどうかな。

ジム　前に、羊の脚の肉で誰かを殴り殺した奴が、その凶器を食べてしまったっていう記事を読んだことがあるけど、それって面白いよね。（笑う）凶器を食べちゃったんだよ。

フレッド　これは冗談じゃないんだぜ、ジム。あんたはあの女を抹殺しようとしてるんだ。それも、すぐに。

ジム　僕はそんなことするつもりはないよ、フレッド、無理だよ。

フレッド　結局のところ、いちばんいいのは、彼女を、一杯飲もうと誘い出して、どこかの暗がりに連れ込んで殺したあと、金を盗んで強盗のように見せかけることかもしれないな。

ジム　僕はそんなことはしないよ。

フレッド　もしかしたら、実は、あんたはいまの結婚生活のほうを終わりにしたがってるのかもしれないな。

ジム　なんだって？

フレッド　そうだ、実はあんたは、あんなハムスター顔の女房や、気味が悪いほどよく似た息子たちと体《てい》よくおさらばしたいのかもしれない。表向きは、自分が家族を捨てたんじゃない、あの嫉妬深い女が家庭をメチャクチャにして、どうにも手の施しようがなくなってしまったんだと言い訳しながらな。

ジム　そういう似非《えせ》フロイト的な考察はやめてくれ。

フレッド　そうすれば、あんたは晴れて自由の身になれるんだ。離婚、新生活、女優にモデルにディスコというわけだ。
ジム　もう、やめてくれ。
フレッド　真実を突いちまったかな。
ジム　たしかに僕は、自分がいま苦境におちいっていないとは言わない。もしバーバラが……バーバラが……。
フレッド　言えよ。
ジム　バーバラが死んでくれたら嬉しくないとも言わない。だけど、彼女は人間なんだよ。
フレッド　なんだかそれがいいことみたいだな。
ジム　じゃないのか？
フレッド　さあね。あんた、共同組合式集合住宅の居住者の集まりに行ったことがあるかい？
ジム　僕が無意識のうちに彼女に期待をもたせてたっていうことは、あるかもしれないな。それはあり得る。僕は自分で思っている以上に責任があるのかもしれない。
フレッド　いま頃そんなことを言っても、あんたはもうどうしようもなく馬鹿なことをしでかしちまったんだよ。家でちっとも相手にされなくなって愛情も感じられなくなったからと言って、あんたは愚かにも浮気をして、ちょっくら甘えたり、ちょっくら禁断のセックスをしたりしちまったというわけさ。その後ようやくのことで正気を取り戻したが、もはやすべては後の祭り。ずる賢い女は許してなんかくれやしない。哀れなもんさ。でも、大丈夫。人間なんて、たいていみんな哀れなもんさ。俺なんざ、哀れを通り越して、悲劇的ときたもんだ。

ジム　僕が哀れで、君が悲劇的？

フレッド　ああ、そうさ。俺は悲劇のヒーロー、サイコロの転《ころ》がり方しだいじゃ、シェイクスピアかミルトンにだってなれたんだ。

ジム　ふざけてんのかい？　ついでに娼婦八人に囲まれて、フォルクスワーゲンも手に入れてっていうわけかい。

フレッド　あんたにだって、名誉挽回のチャンスはあるんだ。そして、自分の欲しいものが手に入らないからといって、怒り心頭に発して脅迫なんていう卑劣な手段を使う、あの執念深いメス野郎に大事な家庭を壊されずにすむんだ。

ジム　それは道義的に受け入れられないよ。

フレッド　すでにあんたがしちまったことだって、道義的には許されないだろ。あんたは奥さんを裏切り、嘘をついて、結婚の誓いを自ら破ったんだ。

ジム　わかった、それは認めるよ。だけど、それは殺人じゃない。

フレッド　聞いてると、なんだか殺人が最悪の行為のような口ぶりだがな、俺みたいに、もうちょっと創造的な人間にとってはな、それもひとつの選択肢にすぎないんだ。

ジム　そこが僕らの違いなんだよ、フレッド。君は大いなる妄想を抱いているけど、僕はもっと現実的なんだ。僕はエンパイア・ステート・ビルやそこいらの宇宙船から電波で指令を受けてはいないからね。

フレッド　そうできないことはないんだぜ。なんなら、アンテナを取り付けてくれる脳外科医だって紹介するよ。

ジム　僕には、ユダヤ教とキリスト教の倫理観がある。

フレッド　あんた、宗教カルテルから指令を受けてるのか？

ジム　君は精神病と創造力を同一視しているよ。

フレッド　おいおい、ここ数年のあんたの作品の評価を思い出してみろよ。評論家たちがあんたのことを婉曲に「見事な仕事師」と呼ぶとき、それがどういう意味だかわかってるんだろ？

ジム　それは僕が堅実なプロフェッショナルで、君が支離滅裂な狂人だっていうことさ。

フレッド　だから、俺たち二人が集まるといいチームになるんだよ。

ジム　僕はチームなんかいらないよ。

フレッド　恐がってるんだな。

ジム　たぶんね。でも、とにかくすべては僕が決めることで、僕には殺人なんて認められない。悲惨な結末を迎えることは目に見えてるじゃないか。僕がしたことは僕の責任だし、たとえバーバラが悪意のある蛇女のような行動をとったとしても、彼女の命を奪うことは絶対に認められることじゃないよ。

フレッド　どうやら俺たちは問題の核心に触れたようだな。あんたには跳躍ができないんだ。

バーバラが、再び、舞台に現われる。

バーバラ　話があるの。
ジム　ねえ、バーバラ、考えたんだけど……。
バーバラ　まだここにいてくれて、よかったわ。
フレッド　バーバラ、君はもしかして、殺虫剤とかにアレルギーがある？
ジム　フレッド！
バーバラ　彼と二人で話がしたいの。
フレッド　二人で？　どういうことだい？
バーバラ　あなたがいないところでってことよ。
フレッド　だけど、俺たちはパートナーなんだよ。

ジム　なあ、フレッド、ちょっとだけならいいだろ。僕らだって別に体がつながってるわけじゃないんだから。
フレッド　しかし、俺たちの計画は……。
ジム　頼むよ、バーバラと少しだけ二人きりになりたいんだ。むこうで宇宙船と交信しててくれよ。
フレッド　わかったよ、勝手にしな。俺はもう行くよ。(小声でジムに) 彼女のまわりに赤く輝いてるオーラが見えるだろ？　いままでにあれを見たのは、リチャード・ニクソンのまわりだけだぜ。

フレッド、退場。

ジム　バーバラ、僕が悪かったよ。
バーバラ　私、心の整理にちょっと時間が必要だったの。
ジム　さっきはほんとに大変だったものね。
バーバラ　私、すっかり驚いてしまって。
ジム　謝《あや》まるよ。ひとつの関係に終止符を打つのに簡単な方法なんてないね。
バーバラ　私、自分がどんなに厄介なことをしているのか、自分でもわかってたの。
ジム　僕は君を誘惑したりなんかしてないよね。僕らは二人とも大人だからね。

バーバラ　私、最近ちょっと気が立ってたの。仕事がなくなって、少しお酒を飲みすぎてたみたい。
ジム　わかるよ。僕も一時期、結婚生活の危機を迎えていたんだ。それが元通りになることはこれからもないかもしれないけど、だからって、僕は浮気なんてすべきじゃなかったんだ。何か君のために僕にできることがあれば……。
バーバラ　三〇万ドルでいいわ。
ジム　なんなりと言ってくれ。
バーバラ　とりあえず三〇万ドルと、年末までにあと二〇万ドルお願いするわ。
ジム　なんだって⁉
バーバラ　映画の脚本で現金が手に入ったんでしょ。一〇〇万ドルの半分くらい都合できるでしょ。
ジム　ねえ、バーバラ、自分のしてることをちょっと考えて……。
バーバラ　考えるのはあなたのほうよ。私はあなたの人生をメチャメチャにできるのに、そうしないのよ。それなりの見返りがあってしかるべきでしょ。
ジム　五〇万ドルなんて……。
バーバラ　ぐずぐず言うつもりなら、いますぐにローラのところへ行くわよ。
ジム　そんなお金は払えないよ。
バーバラ　払わないのね。

ジム　そう、払わない。たとえ払えたとしても、僕は払わない。だって、それで終わるわけがないもの。君はきっと来年も、再来年も、僕のところへやってくる。
バーバラ　ねえ、ジム、いまのあなたはつべこべ言える立場にはないのよ。
ジム　僕は自分のしでかした失敗のケリをつけようとしてるんだ。さらに深みにはまるつもりはないよ。金なんて払ったら、僕らは永遠に、しがらみで離れられなくなる。君は何年もかけて、僕から最後の一セントまで絞り取るつもりなんだ。僕は永遠に、君から自由になることはない。
バーバラ　最初の支払いは明日までにしてもらうわ。いい、猶予《ゆうよ》は二十四時間よ。
ジム　二十四時間の猶予なんていらないよ。
バーバラ　明日の午後までに連絡がなかったら、密告のほうを望んでるものと判断させてもらうわ。あなたしだいよ。じゃ、おやすみなさい。

彼女は去っていくが、ジムはどうしたらいいかわからない。やがて携帯電話を取り出す。

ジム　（わめき立てる）君に密告なんてさせるもんか。僕は自分でローラに話すよ。何もかも洗いざらい告白して、わかってもらう。涙を流してひれ伏せば……ローラは寛大な人間だから、彼女はきっと僕を許す気持ちになってくれる……たしかに一か八かの大ばくちかもしれない……だけど、いつ何時《なんどき》、気まぐれを起こして僕の家庭を破滅させられる人間がいると知りながら生き続けるなんて、僕にはできない……彼女が金を要求するたびに……要求だってどんどん大きくなっていくだろうし……大きく、頻繁になっていくんだ……それをどうやって説明する？　実はローラ、もうこのマンションに住めなくなってしまったんだけど、訳《わけ》は話せないんだ……それから、休暇旅行も、もうできないし、子供たちには働いてもらわなくちゃならない。

フレッドが静かに入ってきて、自分に気づかずに携帯電話に話しているジムを観察している。

ジム　やあ、ローラ、ジムだ。ジム・スウェイン。君の……君の夫の、あの懐しい、ジム・スウェインだよ。正確にはジェームズ・スウェイン、なんちゃってね、ハハハ。え、何？　いや、酒なんて飲んでないよ。ただ、ちょっと話がしたかっただけさ。あのね、愛してるよ、君のこと……ハハ……実はね、ローラ、君に言わなくちゃならないことがあるんだ……。

フレッドが携帯電話を取り上げて、地面に投げつける。

フレッド　いったい何をしてるんだ？

ジム　君こそ、なんだよ。
フレッド　ローラに何もかも告白しようとしてたんじゃないだろうな。
ジム　そうさ、してたさ。バーバラについて君が言ってたことは正しかったよ。たしかに、彼女は赤いオーラを体のまわりに発してたよ。この目で見たから間違いない。手始めに五〇万ドルよこせだとさ、信じられるかい？　明日三〇万ドルで、残りは年末までに、とぬかしやがった。だけど、僕には払うつもりなんてないよ。一セントたりともね。
フレッド　心配はいらない。あと二十分もすれば、バーバラは大西洋に、いや、流れが逆なら、パウキージーに流れ着いてるよ。
ジム　いや、そうじゃないんだよ、フレッド、君にはまだ……。
フレッド　俺の勘が当たってたんだよ、ジム。あの女は別の銀河系から指令を受けていたんだ。
ジム　なあ、フレッド、まさか、君……。
フレッド　心配するなって。あんたに足がつく心配はこれっぽっちもありゃあしないから。
ジム　ああ、なんてことを。
フレッド　そう、そのとおりさ。あの女は、耳にコンピュータ・チップを埋め込んでやがったんだ。ブロンクスを植民地にしようとする陰謀の片棒を担《かつ》いでたのさ。
ジム　僕はここにこうしてはいられない。

フレッド　たとえあの女があの広大な大西洋のどこかで発見されたとしても、自殺のように見えるだけで、真相なんて金輪際《こんりんざい》わかりゃあしないさ。ひとり暮らしの女性で、最近、仕事をなくしたとくればな。

ジム　ハドソン川に捨てたのか？

フレッド　いろいろ念入りな計画を考えたけど、みんなお粗末そのものだったな。いちばんいい計画は、いちばんシンプルな奴なのさ。俺がベンチに座っていると、あの女がそこを通りかかる。俺たちは二人ともひとりだ。そのとき、ピンと閃《ひらめ》いたのさ。そこがあんたと俺の違いだな。あんたはあれこれいろいろと考えすぎるんだ。これじゃあ現実性がない、これじゃあ論理性に欠ける、とかなんとかほざいてな。だが、俺の場合は違う。俺はただ正解を感じ̇と̇る̇んだよ。

ジム　何か気分が悪くなってきたよ。

フレッド　ああ、それから、俺たちの映画から著作権料をもらうって話な、あれは忘れてくれや。それから共同脚本のこともな。実を言うと、俺は作家になんかぜんぜんなりたくないんだ。どんなに退屈な仕事か、忘れてたよ。それに孤独な仕事だしな、なあ、ジム。実は、次のアポロ計画に参加してくれないかって誘われてるんだ。ケンタウルス座のアルファ星に人工衛星を送るっていう計画があるんだよ。あんたはあんたで、まあ頑張ってくれや。あんたは一人前のプロだからな。もっとも、いずれ誰かとチームを組んだほうがいいとは思うけどね。誰かと共同で執筆したって、何も恥じることなんかないんだよ。ちょっと足りない部分があるっていうことにすぎないんだから。

ジム　ショックだよ。

フレッド　あの星のほうを見てみろよ、ジム。あの中の多くの星には生命体がいる。必ずしも俺たちみたいに優秀じゃないかもしれねえけどよ。アポロ計画の目的は、宇宙の問題箇所を探査して、やがて起こり得る問題を未然に防ごうということだった。大統領はもちろんそのことを知っていた。そのことで俺と長いこと話し合ったし……つまりな、どこもかしこもバラの花園ってわけにはいかないんだよ、世の中は。

携帯電話が鳴り、ジムが出る。

ジム　（電話に）もしもし？　やあ、ローラ……そう……いや、知らなかった。電話がつながらなくて……いや、そうじゃなくて……つまりね……君に会いたくなったから、さっき電話したんだ。オフィスまで迎えに行くから、一緒に帰ろう……愛してるよ……愛してる……ああ、ローラ……。（フレッドがわめき立てる中、退場）

フレッド　海王星に運河をつくるぐらい、朝飯前さ。たしかに、それは〝おとり〟になるかもしれないし……それにしても、俺たちはどうして奴らをあんなに怒らしちまったんだろう。何もしてないって？　もういっぺん考えてみろよ……でも、あんた、浮気しそうなタイプには見えないしな。感謝することだな。でも、高くつくぜ。ローラを愛してるって？　ふざけるな！

溶暗。

オールド・セイブルック

登場人物

シーラ
ノーマン
ジェニー
デイヴィッド
サンディ
ハル
マックス

幕が上がる。コネチカットのカントリー・ハウス。アメリカのアンティーク家具と現代的な調度品の組合わせの中に大きな石の暖炉があり、二階へ続く階段も見える。その家に住むシーラとノーマンは、裏庭でバーベキュー・パーティーを開こうとしている。といっても、ゲストはシーラの妹のジェニーとその夫のデイヴィッドだけ。ガチョウの鳴き声が聞こえている。

ジェニーとシーラとノーマンが、裏庭に出て料理を始める前に、世間話をしながら、飲み物を作っている（もしくは、おかわりをしている）。

シーラ　（窓の外を見て、物憂《ものう》げに）見て、ノーマン、ガチョウが戻ってきてるわよ。

ノーマン　ロシア演劇に出てくる悲劇のヒロインみたいな話し方だね。

ジェニー　私、ロシアのお芝居って大嫌い。なんの事件も起きないのに、ミュージカルと同じだけ料金をとるんだもの。

シーラ　毎年、ガチョウが南へ渡るたびに、何日かうちの小さな池で休んでいくと思うと、嫌《いや》になっちゃうわ。
ノーマン　だから、オールド・セイブルックはいま流行《はやり》の場所になりつつあるって言ったじゃないか。
デイヴィッド　自然の神秘に関して、あのガチョウたちは何を語りかけていると思う？
シーラ　なんなの？
デイヴィッド　いつの日か僕らはみな年を取り、朽《く》ち果ててゆくっていうことさ。それが、常に自然が僕らに伝えようとしているメッセージなんだ。
ジェニー　いかにも形成外科医の言いそうなことでしょ。あの人、そのメッセージを名刺にも刷り込んでいるんだから。
シーラ　あなたの奥さんがそう言ってるわよ、デイヴィッド。
デイヴィッド　（グラスを掲げて）ガチョウに乾杯。
ジェニー　ガチョウに、じゃなくて、ノーマンとシーラに、でしょ。結婚七周年、おめでとう。
ノーマン　わが人生でいちばん幸せな歳月《としつき》だったな。少なくともそのうちの二年間は……なーんて、冗談だけどね。
シーラ　フロイトによれば、冗談っていうのは存在しないそうよ。
ノーマン　（グラスを掲げて）ペニス願望の詩人ジークムント・フロイトに。

デイヴィッド　さてと、もし皆さんに許していただけるなら、僕は書斎へ行って、タイガー・ウッズを見せてもらうことにしようかな。ステーキが焼き上がるまでは邪魔しないでいただけるとありがたいな。（書斎へ退場）

ジェニー　（退場しながら、シーラに）氷をもっと作るわね。料理学校へ行って、それだけは教えてもらってきたから。

デイヴィッド　（戻ってきて）ピスタチオ・ナッツはどこにあったかな？

シーラ　ええと……。

デイヴィッド　僕はピスタチオ・ナッツがないとゴルフ中継を見られないんだ。

シーラ　ねえ、デイヴィッド……。

デイヴィッド　それも、赤い奴じゃないとね。赤くて塩のきいた、ピスタチオ・ナッツ。

シーラ　（キッチンのほうへ向かいながら）たしか、カシュー・ナッツなら……。

デイヴィッド　カシュー・ナッツはバスケットボール用なんだ。ゴルフはピスタチオ・ナッツじゃないと。

ノーマン　ごちゃごちゃ言ってないで、さっさと行った、行った。

デイヴィッドは書斎へ退場。

ノーマン　ガチョウがなんの象徴かようやくわかったよ。あれは迫り来る災難の象徴なんだ。あのうるさい鳴き声は求愛のサインで、求愛の声っていうのは決まってトラブルをもたらすものだからな。

呼鈴《よびりん》が鳴る。

ノーマン　（大きな声で）ねえ、シーラ、誰か来ることになってるの？
シーラ　（部屋に戻ってきて）いいえ。

ノーマンとシーラが玄関のドアを開けると、似た者夫婦のハルとサンディ・マクスウェルがそこに立っている。

シーラ　何か？
ハル　こんにちは。お取り込み中でないといいんですが。
サンディ　（困惑気味に）ねえ、ハル、こんなの馬鹿げてるわ。
ハル　ハル・マクスウェルと申します。こっちは家内のサンディです。近くを車で通りかかったもので、お邪魔するつもりはまったくないんですが、昔、ここに住んでたものですから。

シーラ　ほんとに？

サンディ　そうなんです。九年ほど住んで、クローリアンという方《かた》に売却したんです。

ハル　マックス・クローリアンという、わりと有名な作家の方です。

ノーマン　そうですか。我々はここに住んで三年になります。ノーマン・ポラックです。こっちは妻のシーラ。どうぞ、お入りください。

サンディ　いいえ、お邪魔しては申し訳ありませんから。僕らはニュージャージーのほうへ引越して、今日はたまたま古美術品を探して、すぐ近くまで来たもんですから。

シーラ　どうぞ、入ってください。ご自由に中をご覧になって。

ノーマン　懐しいでしょう？

シーラ　何かお飲みものでも？

ハル　ああ、嬉しいな。喜んでいただきます。

サンディ　あなた、車でしょ。

二人は中へ入って、まわりを見回す。

シーラ　いかがかしら？
ハル　いろんなことを思い出します。
ノーマン　何を召し上がりますか？
ハル　シングルモルトのスコッチがあると嬉しいですが、ほかのものでもかまいません。
ノーマン　奥さんは？
サンディ　私は、もしあれば白ワインを少しだけ。
ノーマン　白ワインはないんですが、うちのマティーニは白色《しろいろ》です。

ノーマンのジョークにサンディが笑う。

ハル　（窓辺で）プールを作ったのは、どなたのアイデアですか？
ノーマン　我々です。
ハル　あれはなんの形なんですか？
ノーマン　アメーバです。アメーバ型のプールです。
ハル　アメーバって、あの微生物の？
サンディ　ハル。

ジェニーが入ってくる。

シーラ　ああ、ジェニー、こちらね……。
ハル　マクスウェルです。
シーラ　昔ここに住んでたんですって。
サンディ　もう一度家を見たくなったんです。ここで結婚式も挙げたものですから。
ジェニー　あら、素敵。
ハル　あの庭でやったんです。かえでの木の下で。いまはもうなくなってプールになっていますが。
シーラ　お腹空《す》いてらっしゃる？
サンディ　いえ……。
ハル　何、言ってるんだ。僕ら二人とも腹ペコじゃないか。
ノーマン　だったら一緒にどうぞ。これからステーキを焼きますから。
サンディ　そんな、とんでもない。
ハル　ええと、僕はミディアム・レアでお願いします。
デイヴィッド　（書斎からちょっとだけ現われる）誰が来たのさ？　タイガーがパットを沈めようとして

るときに呼鈴が鳴るのが聞こえたけど。あの音でたぶんミスったんだな。
ジェニー　夫です。あのね、デイヴィッド、こちら……。
ハル　ハルとサンディ・マクスウェルです。昔ここに住んでた者です。
デイヴィッド　ほう、そうですか。ピスタチオ・ナッツ、どこに置いた？
ジェニー　ねえ、デイヴィッド、お二人はここで結婚式を挙げたんですってよ。
デイヴィッド　それは、それは。ゴルフはやりますか？
ハル　いえ。
デイヴィッド　そいつは素晴らしい。僕らはときどき付き合わされるんですよ。
ジェニー　冬はバスケットボールのニックス。夏はゴルフ。フロイト的に言えば、この人は若い人が穴にボールを入れるのを見るのが好きなんです。

ジェニー、退場。

ハル　あれ、昔ここにあった美しい床はどうなりました？
ノーマン　ああ、ちょっと改装しましてね。
ハル　フローリングの改装？　それはまたどうして？

ノーマン　もう少し滑《なめ》らかにしたかったんです。
サンディ　（夫のほうへ目をやって）きれいな……。
ハル　この床は僕らが初めて愛し合った場所なんです……。
サンディ　ハル。
ハル　……そう、ここだ、コーヒー・テーブルが置いてあるこの場所。僕らには十分、滑らかでしたけどね。
サンディ　ハル。
シーラ　すごくロマンティックな話ね。
ハル　そうなんです。サンディは恥ずかしがってますが、記念すべき時でした。なんといっても、当時、僕らは別々の人間と結婚していましたので。
サンディ　ハル！
シーラ　まあ。
ハル　誤解しないでくださいね。僕らは酔っていて、ここで二人きりだったんです。突然の雷雨で電気がみな消えてしまって、稲光でパッと部屋の中が明るくなったと思ったら、サンディの厚い唇が見えて、髪はすごい湿気で乱れているし……彼女は性的な冒険への期待感を抑えられずに、僕を招き寄せたんです。

シーラ　マクスウェルさん、お仕事は？
ハル　ハルと呼んでください。僕は会計士です。ああ、やっぱり期待はずれでしたか。
シーラ　え？
ハル　僕が詩人か何かだと思ってたんじゃありませんか？　僕は会社で数字を処理しているタイプには見えませんものね。そうでしょ？
シーラ　さあ、どうでしょう。会計士だって詩的な職業かもしれませんよ。所得の申告書を見ていただこうかしら。
ハル　僕も自分に才能があるかもしれないとは思うんですが、勇気がなくて。
サンディ　ハルはアメリカを代表するような小説を書きたいと思ってるんです。
ハル　戯曲だよ、サンディ。小説じゃなくて、戯曲なんだ。もっとも僕は、コレステロールの危険性についていくつか詩も書いています。ソネット、つまり、十四行詩ですけど。
サンディ　この家の前の所有者のクローリアンさんはご存知ですか？
ノーマン　お名前だけ。
ハル　この家を売るときに、僕は一度、会ってるんです。いろいろ話をしようとしたんですが、意志の疎通をはかるのがむずかしい人でした。でも、とても頭の切れる人でしたね。
ノーマン　ちょっと失礼して、僕は家内の妹のジェニーを手伝ってきます。彼女にバーベキューの火を起こすように頼むと、六時のニュースの時間になってしまうもんで。

ノーマン、退場。

サンディ　ご主人は何をなさってるんですか、ミセス……。
シーラ　シーラでけっこうです。夫は歯科医です。
ハル　ってことは、僕と同じようなものですね。いえ、つまり、その……妹さんは何をなさってるんですか？　モデルか何か？
シーラ　ジェニーはマンハッタンでランジェリー・ショップをやってます。旦那のほうは、後ろのほうを流線形にする仕事。といっても、車関係じゃなくて、形成外科医ですけど。

サンディ、シーラのジョークに笑う。

サンディ　（窓の外を見て）巣箱はまだあそこにあるんですね。
ハル　あれは僕がデザインして、自分で作ったんです。
サンディ　グッゲンハイム美術館を真似《まね》てね。

ハル　おい、おい。ところで、あの秘密の穴のことはご存知ですか？
シーラ　いいえ。
ハル　そうですか。僕らも、この家を建てた最初の持主のワーナーさんに聞かなかったら知りませんでしたものね。ワーナーさんは暖炉の後ろに秘密の金庫を作ったんですよ。
シーラ　まさか。
ハル　いえ、本当なんです。
サンディ　見せてさしあげたら。
ハル　ここです。このすぐ後ろ。でも、その前に、秘密の掛け金《がね》の場所を知らないと。（掛け金の場所を探す）
サンディ　いちばん上よ。そのレバーを引いて……。
ハル　あった。ここだ。
シーラ　（そこが開くのを見て）あら、やだ、人は毎日何か新しいことを知るって、本当ね。
ハル　これを知らなかったとは。
シーラ　ぜんぜん知らなかったわ。炉棚《ろだな》にはしょっちゅう寄りかかってたけど、まさか、隠し金庫があるなんて夢にも思わなかった。あら、これ何かしら？
サンディ　あら。

シーラ　（古いノートを取り出して、声に出して中身を読む）僕はこの時を大切にしたい。あれほど燃えたことはいまだかつてなかった。（ノートから目を上げる）何かしらね、これ。（日記のページをめくり、再び読み上げる）僕の手の下で揺れる彼女の胸。僕らは二人とも息を荒げ……。
ハル　いったいなんですか、それは。
シーラ　（続けて読む）シーラの妹ジェニーとの愛の記録。ノーマン・ポラック記《しる》す。

シーラ、目を上げる。

ハル　ノーマン・ポラックというのは、あなたのご主人ですよね。
サンディ　あの……お会いできて光栄でした。
シーラ　ノーマン、ちょっと居間へ来てくれる？
サンディ　それじゃあ、私たちはこれで失礼して……。
ノーマン　（戻ってきて）何か言ったかい？
シーラ　この、二枚舌の下種《げす》野郎。
ノーマン　なんだって？（彼女が何かを見つけたことに気づく）
サンディ　ほんとに、室内をきれいになさってて……。

シーラ　これ、あなたのでしょ。
ノーマン　いったいなんの話だい？
ハル　奥さん、あなたの日記を見つけたんです。これはちょっと事《こと》ですよ。
ノーマン　僕の何をだって？　冗談だろ。
シーラ　これ、あなたの名前でしょ。
ノーマン　おいおい、シーラ。電話帳にはノーマン・ポラックなんて百人は載ってるよ。
シーラ　これはあなたの字よ。
ノーマン　i《アイ》の点を丸く書く人間なんてたくさんいるさ。
シーラ　ジェニーの胸に両手を置いてるあなたとジェニーの写真もあるのよ。
ノーマン　物的証拠はそれだけだろ。
シーラ　（日記を読み上げる）シーラの妹に抱《いだ》いているこの燃えるような思いを、僕はもう抑えること
ができない。ジェニーと愛し合ったときに感じたようなエクスタシーを、僕は他の誰とも味わった
ことがない。
サンディ　もしどなたかナットトレーへいらっしゃることがあったら……。
ノーマン　どうやって見つけたんだ？
ハル　家を買ったときに、あの金庫の話を聞いたんです。

サンディ　やめて、ハル。
ノーマン　君が教えたのか？
ハル　まさか。あなたがジェニーと寝てることなんて、僕が知ってるはずないじゃないですか。
ノーマン　なあ、シーラ、誤解しないでほしいんだけど……。
ハル　ノーマン、そりゃあ無理ですよ。ここに動かぬ証拠があるんですから。
サンディ　ちょっと、やめなさいよ、ハル。
シーラ　（日記を読み上げる）タングルウッドの芝生の上で、月明かりのもと四人で座っていたとき、僕はこっそりと彼女のスカートの下に手を入れた。一瞬、シーラが気づいたのではないかと……。
ハル　ほかにはどんなことが書いてあるのかな？
ノーマン　悪いが、口を出さないでもらえるかな。
シーラ　今日ジェニーがおしゃまな女の子のような真似をしたので、僕は、彼女のお尻におしおきをした。彼女はそれで興奮し、僕らはまた愛し合った。
ハル　ちょっとだけ、その日記を見せてもらってもいいですか。
サンディ　ハル、やめて。
ジェニー　（入ってきて）ねえ、ノーマン、私、バカやってバーベキューの火を消しちゃったみたいなの。

シーラ　「私、バカやってバーベキューの火を消しちゃったみたいなの」。そう、あなた、悪い子なのね。ノーマンにまたおしおきしてもらわなくちゃね。
ジェニー　（事情がわからずに）どうしたの？
ノーマン　僕の日記を見られたんだよ。
ジェニー　あなたの何をですって？
シーラ　（読む）今日、ジェニーと僕は、彼女の家で会って、彼女がいつもはデイヴィッドと寝ているベッドで愛し合った。
ジェニー　日記をつけてたの？
ノーマン　誰にも見つからないはずだったんだ。この男がよけいなことを言うまでは。
ハル　あなたが彼と寝てることなんて、僕が知るはずありませんよね。僕はただ、彼女に金庫の場所を教えただけです。
ジェニー　なんで日記なんてつけてたの？
ハル　つけとくと、税金の申告のときにすごく便利なんです。
サンディ　それじゃあ、これからいろいろとあるでしょうから、私たちはこのへんで……。
シーラ　悪いけど、そこにいてちょうだい。あなたたちは証人なんだから。
ハル　証人？　これから何か、証人が必要なことが起きるんですか？

シーラ　あなたたち、いつから私を欺《あざむ》いてたの？
ノーマン　ほんの数回会っただけで、欺くなんて、とんでもないよ。
シーラ　（日記に目をやって）この日記を見ると、あなたたち、二月の大統領の日だけでも四回、性的な関係をもってるわね。
ハル　だけど、これって、そんなにたいしたことでしょうか。郊外ではみんな浮気してますよ。
サンディ　そうなの？
シーラ　（日記を読みながら）あなた、どこでこんな体位を知ったの？
ジェニー　ピラティス体操でよ。
ハル　（彼女のジョークに大笑いして）おい、いまの聞いたかい？
サンディ　聞いたわ、聞いたわよ。私たちも郊外に、いいえ、ここに住んでたけど、私はそんなことしてないわよ。あなたも、してないでしょうね。
ハル　もちろん、してないさ。
サンディ　じゃあ、なんでさっきあんなこと言ったの？
ハル　ただ一般論を言っただけだよ。
サンディ　ホリーとも寝てないわね？
ハル　ホリーって、ホリー・フォックスのこと？　冗談やめてくれよ。彼女が女優だからって、そんなこと言うのかい？
サンディ　そうよ。だってあなた、あんなのたいしてきれいじゃないなんていつも言ってるくせに、寝てるときに、何度かあの人の名前をつぶやいてたわよ。
ハル　君こそ、彼女の弟にちょっとお熱だったから、そんなこと言うんだろ。
サンディ　悪いけど、私がケン・フォックスと寝たいと思ったら、いつだってできたのよ。
ハル　どういう意味だよ。
サンディ　あの人は一年間、週にいっぺんのペースで私に言い寄ってたけど、私は相手にしなかったってことよ。
ハル　そんな話、初耳だな。
シーラ　あなたたち、いつからこんな激しい関係にあったの？
ノーマン　（ジェニーと同時に）最近のことだよ。
ジェニー　三年ね。
ノーマン　半年だ。
ジェニー　一年。
ノーマン　と六か月。
ジェニー　とにかく、そんなに長いことじゃないの。

ノーマン　中断してた時期もけっこうあったし。
シーラ　よくも、こんなことができるわね。あなたは私の妹なのよ。
ジェニー　どう言ったらいいかわからないけど、とにかく恋に落ちちゃったのよ、私たち。
ノーマン　恋じゃないよ。純粋に肉体的な関係だよ。
ジェニー　恋だって言ったじゃない。
ノーマン　恋っていう言葉を使ったことは、一度もないよ。君のことが「好きだ」とか「いとしい」とか「必要だ」とか「君なしでは生きられない」とは言ったけど、恋とは言ってない。
シーラ　あなた、ジェニーと寝ていながら、私とずっとベッドを供にしていたのね。
ノーマン　誘惑されたら拒《こば》めないだろ？
ジェニー　私があなたを誘惑した？
ノーマン　三年前、僕は彼女のランジェリー・ショップへ行ったんだ。君のプレゼントを買うためだよ、シーラ。そしたら、すごくよさそうなのがあったので、これ、シーラのサイズに合うかなって、ジェニーに聞いたんだ。そしたら彼女が、私たちだいたい同じサイズだから、私が着たところを見てみてって言うから、僕らは一緒に試着室に入ったんだ。そしてそこで、彼女がそれをはいてみたんだよ。
ハル　何を？

ノーマン　Tバックさ。
サンディ　（ハルに）あなたは黙ってて。
ハル　僕はただ話についていこうとしてるだけだよ。
サンディ　あなたも彼女のことをイカしてると思ったのね。
シーラ　あなたもなの？
ハル　え、なんのことだい？
サンディ　しらばっくれないでよ。あなた、シーラに、妹さんはモデルですかって聞いてたじゃない。それに、さっきから、あの日記に手を触れたくてうずうずしてるでしょ。
ハル　だって、いきなりこんな、あまりにも人間的なドラマに巻き込まれて、興奮せずにいられるかよ？
シーラ　（日記を彼に手渡しながら）さあ、どうぞ、存分に味わってちょうだい。
ハル　僕は別に……。

ハルは日記を受け取り、それに釘づけになる。

サンディ　さあ、どうぞ、ハル。あなた、彼女の性的な行動をこと細かに読んで満足するんでしょ。

ハル　（ページをめくりながら）いや、そんなことは……ああ……ああ……。
サンディ　九十歳以下の男はみんな同じね。
ハル　ああ、サンディ、君が彼女の半分でも大胆であってくれたら。
サンディ　私が死んだら好きにして。
ハル　僕が言ってるのは性生活のことじゃないんだよ。
サンディ　あなたを失望させたのなら謝《あやま》るわ。
ハル　いや、そういうことじゃないんだよ。僕が言ってるのは、ときどきでも君が、積極的に新しい試みを……。
サンディ　新しい試みって、ホリー・フォックスと三人でするってこと？
ハル　君が考える新しい試みって、なんだい？
サンディ　私は新しい試みのことなんて考えたこともないわ。私たちは、愛し合ってるだけで、科学の実験をしてるわけじゃないのよ。
シーラ　あなたはいつも、根管治療中の意識のない患者とセックスする変態歯科医の本を、読んでいらっしゃるけどね。
ノーマン　僕は変態歯科医じゃない。変態歯科矯正医だ。そこんところを、君はいくら言ってもわかってくれないんだね。とにかく、責任はすべて僕が負うよ。誰かを責めるのなら、僕を責めたらいい。
シーラ　私がほかに誰を責めるっていうの？
デイヴィッド　（書斎から姿を現わして）タイガー・ウッズがボギーをたたいたぞ。
ハル　ノーマンもだよ。
デイヴィッド　ああ、興奮する。
シーラ　デイヴィッド、あなたに見せなくちゃならないものがあるの。
デイヴィッド　ちょっと待てないかな？
シーラ　さあ、どうかしら。大変なことよ。
ジェニー　ねえ、やめてよ、そういう意地の悪い言い方。
シーラ　ねえ、デイヴィッド、ちょっとここに来て、私の話を聞いて。
ハル　サンディ、急いで。ビデオ、持ってきた？
サンディ　車の中よ。
シーラ　ねえ、デイヴィッド、この日記を読んで、誰が登場人物かわかるかしら。
デイヴィッド　（日記を受け取って）なんだい、これは？　タイガー・ウッズが記録を作るところなんだよ。
ノーマン　彼にはゴフルを楽しませてやればいいじゃないか。これは彼とは関係ないことなんだから。

ハル　そうかな、ノーマン、彼だって、脇役としての興味は抱くんじゃないかな。

デイヴィッド、日記を読む。

シーラ　どう、デイヴィッド、誰が主役かわかる？
ハル　わかるさ、当然。
デイヴィッド　主役は複数なの？
シーラ　そうよ。ジェニーという名前の人妻と、歯科医よ。
デイヴィッド　人妻のジェニー？　どこにそんなこと書いてある？
シーラ　冗談やめてよ。
デイヴィッド　なんなんだい、これは？　馬鹿ばかしいポルノか何か？　どうして僕がこんなものを読まなくちゃならないんだい。悪いけど、僕はUSオープンの続きを見せてもらうよ。
シーラ　あなた、USオープンと結婚してるのね。
ノーマン　ジェニーが……。
シーラ　やめて、ノーマン。
ノーマン　なんだよ。

デイヴィッド　どうしたの？　僕、何かわかってないのかな？
ハル　ヒントを出してもいいですか？
サンディ　ハル、やめて。
ハル　だって、わからないなんて信じられないよ。
シーラ　その男の名前がノーマンで、女の名前がジェニーだってこと、偶然だと思うの？
デイヴィッド　違うの？　どうして？
シーラ　あなたの奥さんの名前がジェニーで、私の夫の名前がノーマンなのよ。
デイヴィッド　だから？
サンディ　この人、ほんとにお医者さんなの？
シーラ　この写真に映ってる二人に見覚えはある？
ノーマン　シーラ……。
ハル　否定してもいいけど……。
デイヴィッド　あるさ。君の旦那と、どこかの女性だろ。
シーラ　あら、そう。あなた、ノーマンの舌が見える？
デイヴィッド　ああ。
シーラ　どこにある？

デイヴィッド　彼の口の中さ。
シーラ　舌のつけ根じゃなくって、先っぽのほうよ。
デイヴィッド　女の耳の中さ。
シーラ　で、彼の手は？
デイヴィッド　(写真をよく見て)　ねえ、ノーマン、これは新しい歯の治療法か何かなのかい？
シーラ　で、あなたにはその女性に見覚えはないの？
デイヴィッド　いや、間違いなく、あるよ。
シーラ　ヒントをあげましょうか？
ジェニー　もう、やめて。
シーラ　もう何年も前に、あるディナー・パーティーで若い女性に会い、気が合って、デートを始めたこと、あなた、覚えてる？
デイヴィッド　もちろん。僕らは二人とも、トルストイとフランス映画とヨットが好きで、僕は彼女、つまりジェニーと結婚したんだ。で、それが何か？　日記の中の写真の女性がジェニーに似てるってこと？　この女性がジェニーに似てる？　似てる？　ほんとに？　似てるんじゃなくて、この女性はジェニーだって……そうだよ、これはジェニーだよ。
ハル　僕は間違っても彼には手術を頼まないね。

ジェニー　シーラ、ひどすぎるわ。
デイヴィッド　(呆然《ぼうぜん》として)これは、君だ。君は、彼女だ。彼女は、君だ。彼女は、君であるところの……。
ジェニー　デイヴィッド、お願い、わかって。セックスを除けば、すべてはプラトニックな関係だったの。
ハル　だけど、どうして？　トルストイの話も外国映画の話もできて、こんなすごいことまでなんでもできるのに。
サンディ　あなた、彼女のことが好きなのね。私、すぐにピンときたわ。
ハル　僕が言っているのは、妻に教養があって良い母親であるうえに、毎晩、性の冒険ができたら最高だっていうことだよ。
サンディ　あなた、よくもそんなことが言えるわね。
デイヴィッド　僕は驚いたよ、愕然《がくぜん》としたよ。僕はなんにも……相手は誰だって言った？
シーラ　ノーマンよ。ここにいる、ノーマン。
ノーマン　ああ、やめてくれ、シーラ。たしかに、僕はジェニーと関係をもっていたよ。
デイヴィッド　ジェニーと？　僕の女房と同じ名前の女性とかい？
シーラ　あまりのショックで頭が狂っちゃってるわ。

デイヴィッド　関係って、恋愛関係かい？
ハル　まったく苛々《いらいら》するなあ。ほかに、いったいどんな関係があるよ。
デイヴィッド　だけど、それってつまり、ノーマンとジェニーが一緒に寝てたってことだろ。
ジェニー　そうよ、デイヴィッド。私たち、寝たの。でも、気安めかもしれないけど、前戯はほとんどしなかったわ。
シーラ　ノーマンらしいわね。
デイヴィッド　だけど、彼は僕の義理の兄で、彼女は僕の妻なんだよ。この写真に映ってる人たちはいったい誰なのさ？
シーラ　完全にキレてるわね。
デイヴィッド　ちょっと失礼するよ。

デイヴィッド、退場。

ハル　もし彼がこの期《ご》に及んでタイガー・ウッズを見に行ったのだとしたら、彼こそは正真正銘のスポーツ・ファンだね。
シーラ　当然、離婚ってことになるわね。

ジェニー　ねえ、シーラ。私、肉体的にはあなたを裏切ったかもしれないけど、精神的には誠実な妹のままよ。
シーラ　妹ですって？　よくもそんなことが言えるわね。あなたはもう、私の妹なんかじゃないわ。今後はどう頑張ってみたところで、姪がせいぜいのところね。
ノーマン　シーラ、なあ、シーラ、どうしたら許してもらえるかな。
シーラ　さあ、家族問題研究所にでも相談してみたら。
デイヴィッド　（ライフル銃を手にして）さあ、覚悟はいいか。
ジェニー　デイヴィッド。
ノーマン　もうわかったから、冗談はやめよう。それは弾が入ってるんだ。
デイヴィッド　黙れ、ノーマン、黙るんだ。この部屋にいる人間は全員死ぬんだ。そして、僕が最後に銃身をくわえて引き金を引く。
ハル　（時計を見て）ああ、いけない、もう六時だ。僕ら、これから『マンマ・ミーア』を観にいくもんで。
デイヴィッド　動くな。この部屋の全員と言ったはずだぞ。
ハル　そんなこと言ったって、僕らはただちょっと家を見に立ち寄っただけなんだよ。
ジェニー　デイヴィッド、あなた、またあの目つきになってるわよ。

デイヴィッド　まず最初がお前で、次がノーマン、それからシーラだ。
シーラ　どうして私まで？　私が何をしたっていうの？　私はあなたと同じようにだまされてたのよ。
デイヴィッド　君は日記を見つけた。
シーラ　あの人が場所を教えてくれたからよ。
デイヴィッド　もちろん、あいつも一緒だ。
サンディ　私たちは無関係の部外者だわ。
デイヴィッド　だからこそ格好のニュースになるんじゃないか。不義を犯したカップルに、哀れな夫と妻、そしてまったく無関係の部外者が二人。
ハル　狂ってるよ。
デイヴィッド　あの連続殺人犯のサムの息子も、そう言われたもんさ。
ハル　ああ、そうだったね。
ジェニー　この人、完全にキレてるわ。
ハル　だけど、僕らを殺すのはおかしいよ。僕らは何もしてないんだから。僕は妻を裏切ったことだって一度もないし。まあ、そういう可能性は……まあ、願望はあったかもしれないけど。
サンディ　そうなの？
ハル　まあ、率直に言うとね、サンディ、君はちょっと面白みに欠けるところもあるんだよ。

サンディ　私が？
ハル　そう。君はジェニーの反対で、けっして新しいことを試そうとはしないだろ。
サンディ　そりゃあ私だって、あなたがいつもあんなにせっかちにしないで、ときどきロマンチックな気分にさせてくれれば考えたわよ。
ハル　僕はただ、頭痛が始まる前に終わらせようとしてただけだよ。
デイヴィッド　うるさい、黙れ。いったい誰がこんな奴らを入れたんだ。まあ、ここへ迷い込んだのが不運だったと諦めるんだな。それが人生っていうもんだ。人生には皮肉な出来事がいっぱいあるんだ。中には愉快なこともあるが、かなり醜悪なこともある。僕は人生を贈り物だと思ったことなど一度もない。人生なんて、重荷さ。刑罰さ。残酷で、異常な、刑罰なんだ。さあ、みんな、祈りの言葉を捧げるんだ。

デイヴィッドが引き金に指をかけるのを見て、ほかの者たちは身を寄せ合う。そのとき突然、音がして、ひとりの男が階段を下りてくる。その男は両手を縛られ、さるぐつわをかまされている。どうやらいままで椅子に縛られていたらしい。彼は両手を縛られ、さるぐつわをされたまま、必死に話をしようとする。

デイヴィッド　（男に気づいて）ああ、まさか。
シーラ　まあ、なんてこと。
ノーマン　僕はまた……。
シーラ　ああ、なんてことかしら。
ジェニー　助けて、助けて。

ハルとサンディのどちらか、または両方が男に走り寄って、さるぐつわをはずす。

デイヴィッド　やめろ、やめろって……。
マックス　さあ、パーティーは終わりだ。
サンディ　誰なの、あなたは？
ジェニー　誰が彼を縛ったの？
デイヴィッド　ノーマンさ。
シーラ　気が滅入《めい》るわね。
ハル　クローリアンさんじゃありませんか？　ハル・マクスウェルです。数年前にこの家をあなたに売った。サンディ、マックス・クローリアンさんだよ。

マックス（ロープのほうに目をやって）これをほどいてくれ。
ハル （ロープをほどきながら）どうしたんです？
マックス この野生動物たちめ、私が創造したんだが、私に刃向かいやがったんだ。
デイヴィッド よく言うよ。
マックス 奴らは僕のペンから生まれた存在なんだ。
サンディ いったいどういうことなの？
ジェニー ゲームはもうお終《しま》いよ。この人たちに本当のことを話してあげたら。
ハル 本当のことって？
ノーマン 彼にはある芝居の構想があって、それを書いていたんだが……。
シーラ あの人が私たちを創造したのよ。
デイヴィッド その豊かな想像力を駆使してね。
シーラ 彼はそのお芝居を半分まで書いたの。
マックス そのとおり。だが、私には、そのあとどうしていいのかわからなくなったんだ。アイデアが浮かばなくてね。
デイヴィッド 煮詰まってしまったのさ。
マックス ときどきいいアイデアを思いついて、これはいけると思うんだが、しばらくやってみると、どうにもならないことがわかるんだ。

シーラ　でも、もう遅かったのよ。そのときにはもう私たちが生まれてしまっていたんだから。

デイヴィッド　生み出されていたんだ。

マックス　創造したのさ。だが、芝居は半分までしかできていなかった。

ハル　あなたには常々、色っぽい問題を抱えていながら素晴らしい会話をする、生きいきとして素敵な登場人物を創造する才能があったじゃありませんか。

ノーマン　で、その彼が次にどうしたと思う？

ジェニー　諦《あきら》めたのよ。

ノーマン　半分書き終えた芝居の脚本を、引き出しの中にしまい込んだんだ。

デイヴィッド　引き出しの中は暗かった。

マックス　ほかにどうしろというんだ。結末が見えないんだぞ。

デイヴィッド　あんな引き出しはクソくらえだ。

シーラ　あなたと奥さんが引き出しの中に入れられた姿を、想像してみてほしいの。

ジェニー　引き出しの中ではなんにもすることがないのよ。

ノーマン　ムカつくよ。

シーラ　それで、ジェニーが引き出しを押し開けて、現実の世界へ逃げ込もうって言い出したの。

マックス　引き出しが開く音がしたと思って振り向いたときには、もう、彼らが僕に襲いかかってきていたんだ。
サンディ　引き出しの中からこっちへ脱け出してきて、どうするつもりだったの？
シーラ　第三幕を終わらせる方法を考え出したいと思ったのよ。
ノーマン　そうしたら僕らは、毎晩、劇場の中で生きられるだろ。永遠にね。
ジェニー　ほかに方法がないでしょ？　暗い引き出しの中で中途半端なままでいろとでも言うの？
デイヴィッド　僕は引き出しの中になんか絶対に戻らないぞ。嫌だ、絶対に嫌だ。

ノーマンがデイヴィッドのことを引っぱたく。

マックス　私だってずっと考え続けていたんだ。だが、どうしても先が見えてこないんだよ。
ハル　じゃあ、これまで起きたことをまとめてみますか？　シーラは妹が自分の夫と浮気していることに気づいた……。
マックス　あなたは？
ハル　ハル・マクスウェルです。あなたにこの家を売った……。
マックス　会計士の？

ハル　僕だってずっと芝居の台本を書きたいと思ってたんです。
マックス　みんなそうだよ。
ハル　でも、どうしてあの二人は浮気したんですか？　彼らの結婚生活のどこに問題があったんですか？
ノーマン　もうシーラには倦《あ》きてたのさ。
シーラ　どうして？
ノーマン　知らないよ、そんなこと。
マックス　私に聞かないでくれ。私は煮詰まってしまったんだから。
ハル　世の夫はなぜ妻に倦きるのか？　それは、時が経つにつれてお互いにありふれた存在になってしまうからだ。いつも同じ家の中にいて、下着姿も見慣れてるから興奮することがなくなっていく。神秘的なところもいっさいない。そうなると、自分の秘書までがよりセクシーに思えてくる。もしくは隣人が……。
ジェニー　リアリティに欠けるわ。
ハル　どうして君にそんなことが言えるのかな。君はまだ未完成なんだよ。僕の言ったことにはリアリティがあるさ。どこの家でも起きてることなんだから。僕のアイデアを採用すべきだよ。
サンディ　そうかしら。

ハル　そうさ。結婚生活の新鮮さっていうのは努力しなければ続かないものなんだ。そうじゃなければ、そこには快い調べが聞こえなくなる。それがなくなったら、すべては終わりなのさ。
サンディ　かつてはロマンチックだった夫が、しだいに、妻を当然の存在として見なすようになる、っていうのはどうかしら。かつては想像的で魅力的な驚きに満ちていた関係が、いまはただ、だらだらと続く共同生活になってしまっている。セックスはするけど、愛し合うことはない。
ハル　そんな葛藤にリアリティがあるとは僕には思えないな。
サンディ　あら、たいていの女は、それこそまさしく現実だと思うと思うけど。
ハル　極端すぎるよ。
シーラ　私にはすごく現実的に思えるわ。
ジェニー　ものすごく真実に近いわね。
サンディ　そう、ものすごく。
デイヴィッド　愛はいつの間にか蒸発していくっていうわけかい。たとえ一度は愛し合った二人でも？
マックス　それは現実の悲しい真実のひとつだな。この世の中には永遠に続くものは何もない。あの偉大なるシェイクスピアによって創造された登場人物たちと言えども、何百万年も経って、宇宙がその寿命を終え、光が消えれば、存在しなくなる。

デイヴィッド　あーあ、僕はそろそろ書斎へ戻ってタイガー・ウッズを見ようかな。もう、何もかもクソくらえだ。
ノーマン　そのとおりだ。宇宙が瓦解《がかい》してすべてが消え去ったら、いったいこんなことになんの意味があるっていうんだ。
ジェニー　だからこそ、いま、知恵を絞ることを厭《いと》わない人の手で創造されることが、重要なんじゃない。
シーラ　私の夫と寝たことを実存的な理由で正当化するのは、やめてね。
ハル　君とデイヴィッドも同じように浮気してたってことにしたらどうなの？
マックス　それも考えたが、あまりにも馬鹿ばかしくなってしまってね。
ジェニー　でも、人生って、そもそも馬鹿ばかしいものでしょ。
デイヴィッド　そうだよ。哲学者は不条理だなんて言葉を使ってるけど、要するに、馬鹿げてるってことだろ。
マックス　問題はだな、そうなると誰もが不誠実だってことになりかねないけど、それは正確じゃないだろ。
ハル　そんなこと言ったって、面白ければ正確である必要なんかないんじゃないかな。芸術は人生とは別物なんだから。

マックス　芸術は人生を映し出す鏡なんだよ。
ハル　鏡って言えば、僕はずっとベッドの上の天井に鏡をつけたいと思ってたんだけど、彼女が嫌がるんだ。
サンディ　馬鹿ばかしいにもほどがあるわ。
ハル　セクシーじゃないか。
サンディ　そんなの、若い人のやることよ。私は愛し合いたいのであって、性交してる二人の人間の姿を見ていたいわけじゃないもの。だいたい、そのアングルからじゃ、私には、上下運動してるあなたの背中しか見えないじゃない。
ハル　どうして君はいつも僕が本気で言ってることを茶化すんだよ。それなのに君は、僕がホリー・フォックスのことを考えて白昼夢に耽《ふけ》るのを不思議がるんだ。
サンディ　鏡のことは彼女には言わないほうがいいわよ。あの人、きっと吹き出すだろうから。
ハル　お言葉ですけどね、僕らはもう鏡の前でしたことがあるんだ。
サンディ　あなたの空想の中ででしょ。
ハル　いや、君の家のバスルームの中でだよ。
サンディ　なんですって？
デイヴィッド　おっ、こいつは僕らの話より艶《つや》っぽいぞ。

ハル　といっても、僕が彼女のことを愛してるとか、僕らが浮気したとか言うことじゃないけどね。単なる一回こっきりの出来事さ。
サンディ　あなたとホリー・フォックスが？
ハル　なんだってそんなに驚いてるんだよ。君はもう二年間も、冗談めかして、僕をそのことで責め続けてきたじゃないか。
サンディ　それは冗談でしょ。
ハル　世の中に冗談は存在しない、とフロイトは言ってるよ。
シーラ　それ、私のセリフよ。
サンディ　それにあなた、あの人にはちっとも魅力を感じないって、神に誓って言ってたじゃない。
ハル　そのとおり、僕は右手を上げて誓った。でも、僕は、不可知論者でね、先のことはわからないのさ。
ノーマン　冷静になって考えてみろよ、サンディ。ほかの女と寝たことを認める夫なんて、いやしないよ。
サンディ　彼はいま認めたじゃない。
マックス　私の妻が出ていったのも同じ理由からだった。そこで、私は、ひとりで住むために君たちの家を買い、ロマンチックな関係の生存競争から距離を置こうとしたんだよ。私はね、妻の母親と関係をもってしまったんだ。
ノーマン　なんてこった。なのに、どうしてその話がここに出てこないんだい？　最高の筋書きじゃないか。
マックス　そんな話をしても、誰も信じないからさ。妻の父親は有名な映画俳優でね。名前は言えんが。その彼は、私の妻の生物学上の母親と離婚し、外国人の家政婦と再婚した。だから、私の妻にはいま、彼女より十歳も若い母親がいるんだよ。
ジェニー　ステップマザーね。
マックス　言語上はね。だけど、私はその人とセックスしていたんだ。
デイヴィッド　ということは、あんたは奥さんだけでなく、義理の父親もだましていたことになるね。
マックス　そのことはいいんだ。何しろ彼は大変な靴フェチでね、プラダがセールをやってるときぐらいしか、その気にならないんだから。
シーラ　信じられないわ。
マックス　妻の母親は日記をつけている。とびきり生なましい奴をね。そこには、我々がいかに仲睦《むつま》じいか、どんなふうに愛し合ったかがこと細かに記されている。名前も正確だ。あの女は、それがロマンチックだと思ってるんだ。ある晩、妻が彼女に、明日ハンプトンへ行くから海辺で読む本がほしい、と言った。それで母親は妻に革とじのヘンリー・ジェイムズの本を借したと思ったんだが、間違って、自分の革張りの日記帳を渡してしまったんだ。妻がそれを海辺で読んだとき、私は隣にいた。妻には変化が訪れたよ。肉体的な変化がね。それはまるで、狼男の映画で満月が現われたときのようだった。

ハル　で、あなたはこの芝居の着想を得た。

ノーマン　で、奥さんになんと言ったんだい？

マックス　否定したさ、当然じゃないか。

ノーマン　すると彼女は？

マックス　溺れ死のうとして、水の中へ走り込んでいったよ。だが、クラゲに刺されてしまってね。唇が膨《ふく》れ上がってしまったんだ。そうしたら急に彼女がセクシーに見えてきて、私は妻に惚《ほ》れ直してしまった。もちろん、腫《は》れが引いたら、また神経にさわるようになったがね。

ハル　まあ、何はともあれ、僕のは浮気じゃないんです。一晩かぎりのことです。大晦日に自宅で開いたパーティーのときのことでした。みんな下で飲んで盛り上がっているときに、たまたま二階のバスルームの前を通りかかったら、そこにホリーがいて、綿棒はあるかしらって聞かれたんで、探すのを手伝ってあげようと思って中へ入り、ドアを閉めて、一戦交えることになったというわけです。

デイヴィッド　なんで綿棒なんか必要だったのかな？

ジェニー　どうでもいいでしょ、そんなこと。
ノーマン　たしかに、綿棒のことなんてどうだっていい。
サンディ　あの人たちはそれまで何か月も色目を使い合ってたのよ。
ハル　それは言いがかりだな。彼女の弟に大きな色目を使ってたのは君のほうだろ。
サンディ　あなたにもう少し洞察力があったら、私がケン・フォックスなんかにこれっぽっちも興味がないことがわかったでしょうにね。
ハル　興味がなかった？
サンディ　そうよ。過去に私がよろめいたことがあったとすれば、それはハワード・ネイドルマンによ。
ハル　ネイドルマン？　あの、不動産屋の？
サンディ　あの人は女に自分の性的魅力を感じさせる術《すべ》を心得てたわ。
ハル　それって、どういう意味だよ。
サンディ　別に。
ハル　ハワード・ネイドルマンと一夜だけの情事に及んだのか？
サンディ　とんでもない。
ハル　そうか、助かった。

サンディ　私たちは長いこと愛し合ってたわ。
ハル　ハワード・ネイドルマンと愛し合ってた？
サンディ　ええ、そうよ。
ハル　否定しないのか。
サンディ　私たち、お互いにすっきりするんだったら、私だって正直になったほうがいいでしょ。
ハル　君はさっき、「過去に私がよろめいたことがあったとすれば」って言ったばかりだろ。それはふつう、私はよろめいたことがないけどっていう意味じゃないか。
サンディ　私、これ以上あなたに嘘をついて生きていかれないと思ったの。私はハワード・ネイドルマンと寝ていたわ。
デイヴィッド　やったね、ネイドルマン。
ハル　冗談はやめてくれ。
サンディ　ねえ、ハル、私は、いまでもあなたのことを愛してるわ。そのことはあなたにもわかってるでしょ。でもね、情熱がなくなって恋愛感情が移ろっていったとき、それでも配偶者を愛している人間には、相手をだますしか手がないのよ。
ノーマン　そうなんだ、僕もそのことをさっきからシーラにわかってもらおうとしてたんだよ。
ハル　君はハワードと何回寝たんだ？

サンディ　回数に何か意味があるの？
ハル　僕は会計士なんだよ。
サンディ　つまり、私は精神分析医のところへは行っていなかったっていうことよ。
ハル　じゃあ、毎週、水曜と木曜と土曜に、あいつと会ってたってことなのか。
サンディ　まあ、そういうことになるわね。
ハル　なのに僕は、君の鬱は治療で治ってきてるんだと思ってた。
サンディ　そういうことになるわね。
ハル　だけど、毎回一時間で一六〇ドルもの治療費がかかってたじゃないか。
サンディ　あれはホテル代よ。
ハル　僕は毎週三回、君がハワード・ネイドルマンと過ごすホテル代を支払っていたのか？
サンディ　あなた、私のお医者さんだけが八月の一か月間休みをとらないのをおかしいと思わなかったの？
デイヴィッド　茶番なのは、僕らの人生じゃなくて、彼らの人生だな。
シーラ　茶番？　悲劇じゃなくて？
ノーマン　どうして悲劇なんだよ？
シーラ　だって、悲しいじゃない。一度はお互いに愛し合った二人の人間が、いまもどうやら愛し合っているらしいのに、二人の結婚生活からは当初の情熱がすっかり消え去ってしまって……。
ジェニー　でも、誰だって、当初のほとばしるような情熱なんて持ち続けられないでしょ。
デイヴィッド　そのとおり。みんな落ち着くんだよ。そして、性的な情熱はほかのものによって取って代わられるんだ。いろんな体験の共有や、子育てやなんだかんだでね。
ハル　君とネイドルマンはいまでも続いているのか？
サンディ　ううん。何か月か前、彼が脳震盪《のうしんとう》を起こしたの、覚えてない？
ハル　ああ、あれで奴はすっかり変わってしまった。どうしてあんなことになったんだい？
サンディ　天井の鏡が落ちてきたのよ。
ハル　ああ、畜生。彼はよくて、僕はだめなのか。
デイヴィッド　彼らの人生がなぜ茶番かって言うとね、二人とも哀れだからさ。悲劇なんて、そんな高尚なもんじゃないよ。だって彼はなんだっけ、そう、会計士だろ？　そして、彼女は主婦。『ハムレット』や、ギリシア神話の『メディア』とは違うよ。
ハル　冗談じゃない。王子じゃなくたって苦しむのは同じさ。世の中には、ハムレットと同じように苦しんでいる人間がいくらでもいるんだ。みんな現代のハムレットなのさ。
サンディ　そしてみんな、メディアと同じくらい嫉妬深い。
マックス　だから、僕はどういう結末にすればいいんだ？　誰もが人に言えない秘密や願望や欲望や生理的な欲求をもっている。だから、人生を続けていくためには、人は許すしかない。
ノーマン　そう、僕らの芝居もその方向に行くべきだな。僕は女房の妹にかりそめの恋をしてしまった。すまない。だから、ここはひとつ、シーラとデイヴィッドが二人で情熱的な一夜を過ごすことにするのがいいんじゃないかな。そして僕らはみなお互いの哀しい性《さが》を知り、許し合う。
ジェニー　そうよ。そして観客は私たちのことを笑い者にして、しばし、自分たちの悲しい現実を忘れられる。そして、私たちはキスをして仲直りする。
マックス　許し。それがあれば、このほんのささやかな性の茶番劇にも奥行と情が出るな。
シーラ　そうね。歯科医の夫が妹に穴をあけたからって、何も私が他人を裁いたり、親密で愛情に溢《あふ》れた長い歳月を棒に振る必要なんかないわよね。
ジェニー　私たちみんな、変わるのよ。悔い改めるの。生あるところには、常に希望があるのよ。
サンディ　でも、許しと、都合の悪いことをすべて見て見ぬふりをするのと、どう違うのかしら？
マックス　ずっと崇高なのさ。許しは、人間の大きさを必要とする。許しは、神聖なものなのさ。
ジェニー　もしかしたら同じことかもしれないけど、聞こえがいいのよね。
マックス　いいね。面白くて悲しいし、何よりも一般受けする。よし、忘れないとこ書斎へ行って、第三幕を完成させてしまおう。これで、スランプを脱出できそうだ。キーワードは「一般受け」、じゃなくて、失礼、「許し」だ。キーワードは、許しだ。

全員、二階へ上がっていく。ハルとサンディのマクスウェル夫妻は相手のほうを見る。

ハル　悪いけど、サンディ、僕には君を許せそうにはないよ。
サンディ　ええ、私もよ。
ハル　なぜだかはわからない。マックス・クローリアンが正しいことは僕にもわかってる。彼は思慮深い劇作家だ。
サンディ　お話の中なら、許すのは簡単よ。作家が現実を操《あやつ》れるんだから。それに、あなたの言うとおり、クローリアンは頭のいいプロですもの。
ハル　しかし、君がハワード・ネイドルマンとずっと浮気していたとはね。あいつ、僕が会計監査でとる金を取り返していたんだな。
サンディ　それは違うわ。世の中のことすべてがあなたを起点にしてるわけじゃないのよ。
ハル　僕は、夫としてそんなにロマンチックじゃなかったかな。
サンディ　歳月が経つうちに、あなたはそうであろうと努力しなくなったのよ。
ハル　それは僕だけの責任じゃないよ。君だって、僕のことを当然の存在と見なし始めたんだ。
サンディ　あのお芝居の登場人物たちの過去は消去して、また一から書き直すことができるけど、私たちの言ったことやしたことは、消し去ることはできないのよね。
ハル　悲しいのは、僕がまだ君を愛していることだよ。
サンディ　私だって、あなたのことを愛してるわ。でも、それは哀れなことで、悲しいことじゃないわ。
ハル　僕があのライフルを手に取って僕らを二人とも撃ち殺せば、僕は、その崇高な行為で僕らの背信行為を免責できるかもしれない。
サンディ　ハル、あなたはそういうタイプじゃないわ。会計士は自殺して罪をあがなったりはしない。会計士はたいてい、いつの間にか姿をくらまして、税金のないケイマン諸島に姿を現わすのよ。
ハル　君はどうしたいんだい？
サンディ　私たちにそんなにたくさん選択肢がある？　私たちの関係の痛ましい面には目をつぶって、それを許しと呼んですませるか、離婚するか、二つに一つでしょ。
ハル　ねえ、サンディ、ここは僕らが初めて愛し合った部屋じゃないか。僕ら、またやり直せないかな？
サンディ　再出発がうまくいくのはフィクションの中だけよ。
ハル　だけど、どんな人生にだって、多少はフィクションが必要じゃないか。現実ばかりじゃ、うんざりしてしまう。

サンディ　まあ、これですべてがオープンになったわけだから……いったい、あのやかましい鳴き声は何かしら？
ハル　（窓のほうへ行って）あのガチョウの群れを見てごらんよ。
サンディ　（彼に近づいて）私たちが住んでた頃はガチョウなんて来たことなかったのに。
ハル　あれは象徴だよ。
サンディ　なんの？
ハル　再出発のさ。ガチョウの群れだって初めて見たんだ。今日はいろんな象徴に出食わした。芝居の登場人物にも、文学にもたくさん出食わした。そして、この会計士の胸の奥底で脈打っていた詩人が表に現われて、マックス・クローリアンに心温まる芝居のエンディングを書かせたんだ。いまや君と僕だけが、決心のつかないまま混乱の中に取り残されている。そして、僕らは何かヒントを、僕らの関係に再び心地よい調べを取り戻す方法を、探し求めている。そんなときに、ガチョウの鳴き声が聞こえてきて……。
サンディ　あなたはそれを啓示だと思った。
ハル　君はそう思わないのかい、サンディ。あのガチョウの群れが伝えようとしていることが、君には、わからないのか？　ガチョウに関するきわめてシンプルな事実を、君は知らないのかい？　ガチョウは、一度つがうと、二度と離れないんだよ。

サンディ　じゃあ、ガチョウは浮気しないの？
ハル　たとえしたとしても、彼らはなんらかの方法でそれを解消するのさ。すべては、自然の法則に組み込まれているんだ。
サンディ　私の夫は公認会計士の殻を着た詩人なの？　そんなこと、本当にあり得るかしら？

ガチョウの鳴き声がいっせいに聞こえてくる。音楽スタート。

サンディ　キスして。

溶暗。

セントラル・パーク・ウェスト

登場人物

キャロル
フィリス
ハワード
サム
ジュリエット

サムとフィリス・リッグス夫妻の、セントラル・パーク西側にあるアパートメント。ダークトーンの広い室内の壁には蔵書が並んでいる。そこは夫妻の住居であり、フィリスはそこで精神科医として患者も診《み》ている。患者は玄関を入ったところで人目に触れずに順番を待ち、やがて診察を受けるために中の聖域へと人目に触れずに導かれる作りになっている。舞台の中心には広い居間があり、脇に玄関のドアと、他の部屋へ続くドアが見える。

十一月の、とある土曜日の夕方六時頃。玄関の呼鈴《よびりん》が鳴るが、舞台には誰も現われない。呼鈴を鳴らしても応答がないので、次にノックする音が聞こえてくる。そして、その音がまだ続いているうちに、会話が始まる。

キャロル　（舞台の袖で）フィリス？　いないの？

フィリスがちゃんと服を着て、下手《しもて》から現われる。そしてソファの端、下手に座る。

キャロル　フィリス！　キャロルよっ。
フィリス　いま行くわ。
キャロル　何かあったの？
フィリス　私、いま濡れてるの。シャワーを浴びてたところなのよ。

フィリスはバー・カウンターのところへ歩いていき、お酒を注《つ》いで、それを飲み干す。キャロルはやっきになって呼鈴を押し、ドアをノックする。

フィリス　はい、はい、いま服を着たわ。

フィリスは玄関のところまで歩いていき、キャロルを導き入れる。

キャロル　あなた、大丈夫なの？
フィリス　細かいことは聞かないでね。

キャロル　細かいことって、なんの？
フィリス　だから、聞かないでって言ったでしょ。
キャロル　みんな大丈夫なの？
フィリス　みんなって、第三世界の国々も含めてのこと？
キャロル　第三世界？
フィリス　ジンバブエとか？
キャロル　アフリカで何かあったの？
フィリス　あーあ、やだ、やだ。あなたって、ウィットのセンスがぜんぜんないのね。言って損したわ。私が冗談や皮肉を言っても、みんなトイレに流されちゃうんだから。
キャロル　いったいどうしたのよ？
フィリス　第三世界のことにちょこっと触れたら、いま私たちが直面している、このあまりにも人間的な悲劇の苦痛が少しは軽くなるかと思ったのよ。
キャロル　悲劇って、なんの悲劇よ？
フィリス　悲劇とは呼べないかもしれないわね。
キャロル　もうずいぶん飲んだの？
フィリス　まあ、飲んでいるうちに自然とひとつの状態になるっていうか、感覚が麻痺してくるぐらいには飲んだわね。さて、問題です。スシとプッシーの違いは何か？
キャロル　フィリス……。
フィリス　答えは、ご飯があるかないかです。患者が教えてくれたのよ。お願いだから、キャロル、これを分析したりしないでね。あなたの思考形態にはちょっと抽象的すぎる話だから。ふつうは、ユーモアって呼ばれてるものなんだけどね。
キャロル　珈琲《コーヒー》でもいれるわね。
フィリス　あなたが飲みたいならね。私はこの特製超ドライ・マティーニでけっこうよ。このジンのおかけで、「ベルモット」なんて言葉も軽やかに出てくるわ。
キャロル　いったいどうしたのよ。
フィリス　私のことで何か怒ってる？
キャロル　急用って、いったいなんなの？
フィリス　急用？
キャロル　そう言ってよこしたじゃない。
フィリス　（彼女の着ているものに気づいて）それ、どうしたの？
キャロル　それって何よ？
フィリス　何って、そのコートよ。

キャロル　このコート？
フィリス　やっとわかってもらえた。
キャロル　こんなコート、何度も見たことあるじゃない。
フィリス　私が？
キャロル　昨日もね。
フィリス　私の患者のひとりがその毛皮のコートを着てたのよ。わかる？　皮をいっぱい使った、そのコートを。
キャロル　急用って、なんなの。
フィリス　で、あの仏頂面《ぶっちょうづら》の狂信者どもが五番街で彼女に近づいてきたのよ。毛皮を売ってる店を片っ端から爆破しかねないあいつらがね。そして、あいつらは彼女にまとわりつき始めて、しまいには、動物実験反対主義者とかなんとかそういった輩《やから》が手を出して、彼女のコートをはぎ取ったのよ。そしたら彼女、その下は真っ裸だったの。
キャロル　どうして？
フィリス　娼婦だからよ。彼女は高級娼婦で、私は今度書く本の参考にしようと思って、面談を続けてたの。彼女は、毛皮のコートを着てその下には何も着《つ》けないで家まで来てほしい、っていう客の呼び出しを受けてたのよ。だから、毛皮のコートだけ着て、五番街と五十七丁目の角の舗道のところに立ってたわけ。おかげで、彼女の肉体はニューヨーク中《じゅう》の男どもの曝《さら》しものになったわ。ええと、なんの話だっけ？

キャロル　サムは元気なの？

フィリス　詳《くわ》しいことは聞かないでちょうだい。

キャロル　サムは元気なの？

フィリス　元気よ。五十年の人生でサムの健康がいちばん危なかったのは、唇にひび割れができたときね。

キャロル　じゃあ、子供たちは？

フィリス　留守よ。綿のとれる南部へ行ってるわ。

キャロル　別にあの子たちの学校で何か問題が起きたわけじゃないのね？

フィリス　あの子たちが学校を好きになったわけでも、学校のほうがあの子たちのことを好きになったわけでもないわ。ああ、綿なんて言ったら、またすごく喉《のど》が乾《かわ》いてきちゃった。（お酒を注ぐ）

キャロル　なのに、どうしてあなたはそんなに取り乱してるの？

フィリス　取り乱してる？　とんでもない。こんなこと、なんでもないもの。わかる？　なんでもないのよ。ナッシング、ニヒルよ。あなた、そのコートどこで買ったの？

キャロル　ブルーミングデールよ。去年だけど。

フィリス　それ、よく着てた？
キャロル　いつもよ。
フィリス　なんの毛皮？
キャロル　これは古き良き共和党員の布のコートよ。なんでもないんだったら、どうしてあんなヒステリックなメッセージを残したのよ。
フィリス　その話はしたくないわ。
キャロル　その話はしたくないですって？　私はあの狂ったような死に物狂いのメッセージを受けとったのよ。急用なの、大変なの、助けてって。十回は電話したのよ。
フィリス　ああ、あれ、あなただったの。
キャロル　そうよ、私よ。
フィリス　いつもならあなたからの電話だと音でわかるのに。何か、おずおずとした、ためらいがちな音だから。
キャロル　サムはどこ？　いったいどうしたのよ。
フィリス　言いたくないわ。
キャロル　だったら、どうして電話したの？
フィリス　だって、誰かに話さずにはいられなかったから。

キャロル　だったら話せばいいじゃない。
フィリス　話しても、議論はしない？
キャロル　ねえ、フィリス……。
フィリス　あなた、私がはぐらかそうとしているのがわからないの？
キャロル　だから、どうしてよ。
フィリス　迷惑をかけて悪かったわ。
キャロル　迷惑なんてかけてないわよ。
フィリス　ハワードと何か予定があったんじゃない？
キャロル　ないわよ、別に。私、サザビーズへ行ってたの。
フィリス　何を買ったの？
キャロル　何も。野球のカードがオークションに出てて、ハワードが見たいって言うから。今日が最終日だったのよ。
フィリス　だったら、あなたたち、二人で予定があったんじゃない。
キャロル　ないわよ。だって、ハワードは結局行けなかったんだから。今日はお父様をウェストチェスターまで車で乗せていって、ホームに入ってもらう日だったから。
フィリス　かわいそう。

キャロル　お父様はもう九十三歳なのよ。いい人生を送ったと思うわ。ちっぽけな人生だったかもしれないけど、長生きしたんだから。それに、病気もぜんぜんしなかったし。もっとも、知られてないだけで、あの方、目立たない卒中を何度か起こしてて、そのうちにボケが始まって、音楽も聞こえてくるようになって、しまいには軍隊に再登録までしようとしたんだけどね。
フィリス　ハワードはさぞ心を痛めてるでしょうね。
キャロル　（腕時計を見て）あの人にはここにいるってメッセージを残してきたの。で、なんなの、問題は？
フィリス　また探りを入れてるのね。
キャロル　お願い、やめて。あなたが電話してきたのよ。
フィリス　でも、あなたはいつも探りを入れてるわ。いつも情報を漁《あさ》ってるのよ。
キャロル　漁る？　私が？　あなたが電話してきて、生きるか死ぬかの問題だって言ったのよ。
フィリス　（小さな声で）恥ずかしくて話せないのよ。
キャロル　（小さな像が壊れているのに気づいて）あら、あなたの多産のお守りの像が壊れてるじゃない。ペニスが落ちてるわ。
フィリス　気にしないで。ペニスの修理屋に持っていくから。
キャロル　そういえば、この部屋、ちょっと荒れてるわね。

フィリス　気づかなかったの。
キャロル　どうしたの？　泥棒でも入った？
フィリス　それにしても、何度も見てたはずなのに、そのブルーミングデールで買った派手な布のコートには気づかなかったわ。それ、なんていう色？　暗褐色？
キャロル　黄褐色よ。
フィリス　暗褐色だわ。
キャロル　ええ、なら、それでいいわ。
フィリス　あなた、暗褐色はやめたほうがいいわよ。その薄茶色の目と合わないもの。
キャロル　私の目は薄茶色じゃないわ。
フィリス　ひとつはそうでしょ。その、あっちのほうを向いてる奴。
キャロル　ねえ、フィリス、意地悪を言うのはやめて。サムと喧嘩でもしたの？
フィリス　ちょっと違うわ。
キャロル　どういうこと？　ああ、もうほんと嫌《いや》になる。なんだか歯でも抜いてるみたい。
フィリス　あなたの歯は大丈夫よ。かぶせ物だって立派なものだわ。
キャロル　（そっけなく）ああ、そう。
フィリス　もっとも顎がちょっと垂れて……。

キャロル　サムと喧嘩はしてないのね？
フィリス　いいえ、したわ。
キャロル　さっき違うって言ったじゃない。
フィリス　違うって、何がよ。
キャロル　喧嘩じゃないって。私が、サムと喧嘩でもしたのってきいたら、あなたは……。
フィリス　私はしたけど、サムはしてないのよ。
キャロル　サムはそのとき何をしてたの？
フィリス　私が喧嘩するのを見てたのよ。
キャロル　それで？
フィリス　それで、うまくかわしたのよ。
キャロル　彼のこと殴ったの？
フィリス　だから、はずれたのよ。未亡人になろうと思って、私は死に物狂いであの像を投げつけたのに。
キャロル　ああ、なんてことを。
フィリス　もう一杯飲む？
キャロル　なんでそんなことになったの？

フィリス　ああ、キャロル、キャロル、キャロル、わが友キャロル。
キャロル　やっぱり一杯いただくわ。
フィリス　あの人、私を捨てたのよ。
キャロル　サムが？
フィリス　そうよ。
キャロル　どうしてわかったの？
フィリス　どうしてわかったですって？　あの人が私を捨てたのがどうしてわかったか？　それはね、あの人が自分の荷物を持って、あのドアから出ていったからよ。離婚してほしいって言ったからよ。
キャロル　座らせてもらうわ。私、脚《あし》が弱いから。
フィリス　あなたの脚、弱いの？
キャロル　で、サムは理由を言ったの？
フィリス　あの人はもう私を愛してなくて、私のそばにもいたくないんですって。私と喜びのないセックスをしていろいろ体を動かしている自分を想像しても、もう勃《た》たないんですって。まあ、そんな曖昧な理由をあれやこれや口にしてたけど、あの人はたぶん遠慮してるんだと思うわ。本当はあの人、私の料理が気に入らなかったのよ。
キャロル　妙なこと言わないでよ。

フィリス　そりゃあそうかもしれないけど、私にはほかに理由がわからないのよ、私はただの精神科医なんだから。
キャロル　彼は何か言わなかったの？　何か、におわせなかった？
フィリス　何も言わなかったわ。ただそれは、私たちが話をしてないからでしょうね。
キャロル　だったら、フィリス……。
フィリス　話はしたわよ。「塩をとってくれ」なんて以上の話をね。でも、まあ、ときどきだけど。
キャロル　話をしたときに、何か、におわせたんじゃない。
フィリス　つまりね、話はしたけど、両方が同時に話したのよ。要するに、話をしている人間が二人いて、聞いてる人間はひとりもいなかったってこと。
キャロル　会話になってなかったのね。
フィリス　あなた、よくもずけずけと言ってくれるわね。
キャロル　それでも、彼、何か言ったんじゃないの？
フィリス　言ったわよ。
キャロル　何を？
フィリス　わかんないわよ。私は話をしてて、聞いてなかったんだから。
キャロル　そして、セックスもなくなっていった。

フィリス　どうしてわかるの？
キャロル　ただそうじゃないかと思っただけ。
フィリス　何よ、推測で物を言わないでよ。話をしなくなったって、セックスはお盛んてことだってないことはないんだから。
キャロル　そう、じゃあ、セックスはすごくよかったってわけね。
フィリス　すごくよかった？　すごくよかったなんてもんじゃないわよ。あの人、干上《ひあ》がっちゃうほどだったんだから。
キャロル　いつかどこかで愛の交歓がなくなるけど、それはその前にもっと大切な何かがなくなっているからにすぎない。あら、その逆かしらね。まずセックスがなくなって、それから何もかもが輝きを失っていくのかしら。まあ、どっちにしても、要するに、すべてのものは短命だってことね。
フィリス　そうなの？
キャロル　知らないわよ。私に聞かないでよ。
フィリス　私、聞いたかしら？
キャロル　要するに、彼は出ていくってこと以外、何も言ってないのね？
フィリス　何もって、どんなこと？
キャロル　何もよ。

フィリス　言ったことはあるわよ。結婚前の契約にはなかったけど、『タイムズ』の日曜版の分のお金はあの人がこれからも払ってくれるって。
キャロル　どこへ行くとも言わなかったの?
フィリス　(何か思いついて)やだ、何か、リアクションが始まってきたわ。
キャロル　あなたはもうとっくにリアクションを……。
フィリス　そんなことないわよ。リアクションっていうのは、私がここにある重要書類をみんな処分することよ。あの人がいまも必要としているすべての作品、それをこうするのよ。(紙を破る)これがリアクションっていうものよ。でも、私は悪意に満ちた人間でもないし、執念深い人間でもない。私は大人だし、寛大だわ。
キャロル　興奮しないで。

フィリスは珈琲テーブルの上に置かれたサムのブリーフケースを取りに行き、中身を床にぶちまけると、舞台の反対側へそれを投げ捨てる。

フィリス　(ばらまかれた書類を破りながら)私たちあのとき、アマガンセットの家の改装の話をしてたのよ。「あの家、買ってから一度も手を加えてないから、ポールとシンディのところをやった建築家に改装してもらいましょうよ」って私が言ったら、あの人、ちょっと話があるって言うの。「あの家は海辺の最高の場所にあるし、あそこではとっても素敵な時間を過ごしたでしょ」って私が言ったら、あの人、「なあ、フィリス、どう言ったらいいかわからないんだけど、僕はここを出ていきたいんだ」って言うの。でも、私は聞いていなかった。さっき言った、誰も聞いてない会話の典型ね。私は続けたわ。「ほら、ずっとピクチャー・ウィンドーがほしいって言ってたでしょ。広いバスルームと」。そしたら彼が、「フィリス、僕は出ていくつもりなんだ」って言ったの。私は言ったわ。「四方八方から水の出てくるシャワーもほしいって言ってたわよね」。そしたらあの人が私の身体《からだ》をつかんで言ったの。「フィリス、僕はもう君のことを愛していないんだ。人生をやり直したいんだ。出ていきたいんだ。僕はここを出ていきたいんだ」。だから私、言ったの。「ゲストルームの壁は何色にしたらいいかしらね」って。

キャロル　そしたら、彼はなんて？

フィリス　何も言わなかったわ。ただ私の頭を揺さぶってたわ。それで三分ぐらい揺さぶられてたら、私、彼が何か言おうとしてるんだってことに気づいたの。

キャロル　それで、彼はなんて言ったの。

フィリス　ほかに愛してる人がいるって。

キャロルは咳込んで、危《あや》うく飲物を喉に詰まらせそうになる。

フィリス　大丈夫？　それとも応急処置が必要？

キャロル　相手は誰だか言ったの？

フィリス　私の患者に、ル・バーナーディンで食事をしてるときに魚の骨を喉に詰まらせた人がいるの。そしたら、知らない人が彼女の背後にやってきて、応急処置をしてくれたの。ハイムリック法とかなんとかいう奴。そのおかげで彼女は助かったんだけど、いまはどこで食事をしても、喉に……。

キャロル　誰のために出ていくって言ったの？

フィリス　あなた、なんだかとても気分が悪そうね。

キャロル　そんなことないわよ。酔いは少し感じ始めてるけど。

フィリス　私、はじめ、アン・ドレイファスだと思ったの。

キャロル　アン・ドレイファス？　あの室内装飾の？

フィリス　彼女、あの人と趣味が合うのよ。ボートも、森も、スキーも好きだから。

キャロル　彼がアン・ドレイファスと付き合うなんて、あり得ないわ。

フィリス　どうしてあなたにそんなことがわかるのよ。

キャロル　どうしてって、どういうことよ。私だってサムのことは知ってるわ。
フィリス　私ほどじゃないでしょ。
キャロル　そりゃそうよ。私はただ、私たちだってもう何年も友達でいるって言おうとしただけよ。
フィリス　何年よ？
キャロル　五年……ううん、もう六年近くなるわ。それがどうしたって言うのよ。とにかく、サムとアン・ドレイファスなんて考えられないわ。あの人、いつもめそめそしてるじゃない。性格も悪いし、言っちゃ悪いけど、ぜんぜんイケてないじゃない。
フィリス　ノニーじゃないかとも思ったのよね、私。あの法律事務所の女の子。いまは共同経営者みたいだけど。
キャロル　ノニーって子は知らないわ。どんな子なの？
フィリス　ムチムチでかわいらしいタイプ。唇がエロチックで。でも、ノニーじゃないわ。
キャロル　要するにあなたは、サムが誰と出ていったか知らないのね。
フィリス　要するに、知ってるのよ、私は。少なくとも、見抜いたとは思ってるわ。
キャロル　ああ、私、なんだか気分が悪くなってきた。
フィリス　あら、やだ、あなた、顔色が悪いじゃない。青白いっていうか、薄茶色っていうか？
キャロル　私、もう飲めない。気持ち悪いわ。

フィリス　あなた、たぶん身もだえしすぎて乗物酔いしたのよ。
キャロル　吐き気がするわ。
フィリス　吐き気？
キャロル　ええ、そう、吐き気よ。
フィリス　（舞台の袖へ薬を取りに行く）酔い止めの座薬があったと思うんだけど、すごく大きいのがあったかどうか……。
キャロル　（ひとりになって、こっそり受話器を取り上げてダイヤルする）もしもし？　何かメッセージある？　そう……ハワードから……何時に？……わかったわ。他には何か？（緊張して、興味深げに）あ、そう。何番だか、言った？　何時に？　そう、わかったわ。（受話器を置く）
フィリス　（上手《かみて》奥から登場）バーグドーフの買い物袋があったから、急に戻したくなっても、お馴染みの袋に吐けるわよ。誰に電話してたの？
キャロル　電話？
フィリス　そうよ。私が部屋を出ていった途端に、あなた、まるでケーリー・グラントにフェラチオするみたいに電話に飛びついてたじゃない。
キャロル　留守番電話サービスをチェックしたかったのよ。ほら、今日はハワードが大変な日だったから。

フィリス　うちの旦那が誰のために家を出てったかの話に戻ってもいいかしら。
キャロル　少し珈琲をもらえるかしら。
フィリス　私、見抜いたのよ。
キャロル　私には関係ないことだわ。
フィリス　大ありよ。
キャロル　ないわよ。そりゃあ、お気の毒だとは思うけど。ああ、私、何か頭がグルグルする。
フィリス　誰だか、わかる？
キャロル　お願いよ、フィリス。
フィリス　あなたよ、この売女《ばいた》。
キャロル　頭がイカれたのね。
フィリス　往生際《おうじょうぎわ》が悪いわよ。あの人、私が思ってた以上に長いこと、あなたの中にあれをもぐらせてたんだわ。
キャロル　馬鹿ばかしい。しっかりしてよ。
フィリス　あの人と一緒になるんなら、どのみち本当のことを言わなくちゃならなくなるのよ。ハワードにとってはけっこういい刺激になるわね。まずは父親をあのおかしな施設へ入れて、それから、奥さんに三下《みくだ》り半《はん》をつきつけられるわけですものね。

キャロル　私、ほんとに頭がクラクラして、何がなんだかわからないわ。
フィリス　サムと寝てたんでしょ。
キャロル　とんでもない。
フィリス　正直に言いなさいよ。
キャロル　そんなことしてないわよ。
フィリス　私はただ本当のことが知りたいだけなの。
キャロル　だから、してないって。あなた、ほんとにいじわるね。
フィリス　私にはわかってるのよ、この売女。二人で電話して、密会して、旅行にだって行ってたくせに。
キャロル　私、もうこれ以上ここで……。（立ち上がるが、クラクラして、また座る）
フィリス　たしかにね、わかってみると、いろいろ思い当たることがあるのよ。テーブル越しの目くばせ、ノルマンディーへ行ったときに二人で迷子になったこと。あのとき、ハワードと私は二時間も探したのよ。ここで食事をしたときだって、そう。サムがあなたをタクシーまで送ってくるって言うから、私、ベッドで一時間半も寝ずに待ってたのに、あの人はあなたを家まで歩いて送って帰ったわ。そうよ、いま話しているうちに思いついたけど、三年前、ああ、なんてこと、三年も前よ、サムとあなたはニューヨークで一週間を供に過ごしたわね。ハワードはＬＡで、私はフィラデルフィアの学会に出席してた。あれは三年も前のことよ。もしかして、あなたたち、もっと前からなの？

キャロル　だから、私じゃないって。

フィリス　あの人のシステム手帳を見たのよ。あなたの名前だらけだったわ。

キャロル　（立ち上がって、泣き叫ぶ）私にどうしろって言うの。私たち、恋に落ちたのよ。あなたのいじわる。

フィリス　や、や、やっぱり。

キャロル　いじわる、いじわる。私たち、突然、恋に落ちたの。誰が計画したわけでもないし、誰も傷つけるつもりはなかったの。

フィリス　ハンプトンで初めてあなたたち夫婦に会ったときから、私にはわかってたわ。あの女はトラブルのもと、ふしだらな女だって、私、つぶやいていたの。問題の匂いがプンプンしてたし、身体中《からだじゅう》からノイローゼの気配が漂っていた。

キャロル　サムとの関係から生まれたのは苦しみだけだったわ。

フィリス　ときおり感じた性的興奮を別にすればでしょ。

キャロル　汚《けが》らわしいことは言わないで。それはあなたの本心じゃないでしょ。

フィリス　あなたたちに初めて会った夜、帰りに私、車の中でこう言ったのよ。旦那さんのほうはいい人ね。ちょっと変わったところもあるけど、品《ひん》がいいわ。でも、奥さんのほうはきわどい肉食獣よって。

キャロル　偉そうなことばかり言わないでよ。あなた、仕事柄、こういうことが珍しくないの知ってるでしょ。人間の本性なのよ。稲光なのよ。二人の人間が出会ってそこに火花が散り、突然、新しい関係が生まれてるのよ。

フィリス　フランケンシュタインみたいね。

キャロル　真面目に言ってるのよ、フィリス。

フィリス　何年続いてるの？　三年？　もっとなの？　四年？　五年？

キャロル　三年にもならないわ。

フィリス　じゃあ、二年なの？　二年間、あなたたち二人は、盛りのついた犬みたいに、こそこそ街のあちこちで会ってたの？

キャロル　街のあちこちでなんて会ってないわ。私たちにはマンションがあるもの。

フィリス　マンションが？　どこに？

キャロル　東五十丁目……。

フィリス　広いの？

キャロル　狭いわよ。

フィリス　なんですって？
キャロル　三部屋あるだけよ。
フィリス　ちゃんとしたマンションなの？
キャロル　もう、詮索《せんさく》するのはやめて。私たち、話し合おうとしてるんでしょ。
フィリス　どうして三部屋もいるのよ？　何か特別なことでもするの？
キャロル　そんなこと絶対にしないわ。神に誓ってもいい。ただ二人きりになって、くつろいで……話をするだけの場所よ。
フィリス　話をして、意見を交換して、体液も交換するのね。
キャロル　私たち、愛し合っているのよ、フィリス。ああ、自分がこんなこと言うなんて思いもよらなかったけど、それがすべてなの。そう、もちろん肉体的な関係でもあるけど、私たちの関係はそれ以上のものなの。私たち、感情とか夢を分かち合っているのよ。
フィリス　私はなんだってあなたなんかと関係をもったのかしら。私にはあなたが、事情が許せば蛇とだってやる女だっていうことが初めからわかっていたのに。
キャロル　ねえ、フィリス、私はなんて言えばいいの。彼はもう何年も前からあなたのことは愛していないのよ。理由はわからないけど、私のせいではないことは確かよ。彼が私に話しかける前に、あなたたち二人の関係は、彼の中では終わっていたのよ。

フィリス　あの人、初めはどうやったの？
キャロル　どうって、何を？
フィリス　いつなの？　どの日なの？
キャロル　そんなこと知ってどうするのよ。
フィリス　ごまかさないで答えて。
キャロル　ルー・スタインの家で大晦日《おおみそか》のパーティーがあったときよ。
フィリス　なんですって！　それって一九九〇年じゃない。
キャロル　九一年……いえ、そう、九〇年ね。
フィリス　で、どういうふうに事は進んだの？　どっちがどっちにモーションをかけたの？
キャロル　そういうことじゃないの。私が花火を見てたら、彼が私のところへやって来て、私の耳元でささやいたの。来週、昼ご飯でも一緒にどう？　って。あなたのことには何も触れずにね。ご想像どおり、私だって驚いたわよ。
フィリス　でしょうね。で、あなたはそれに乗ったってわけね。
キャロル　私は「なぜ」って聞いたの。そしたら彼が、「ちょっと手伝ってほしいことがある」って言ったのよ。
フィリス　で、その青臭いたわごとが進行しているあいだ、私はどこにいたの？

キャロル　あなたは何人かの人たちを無理やり氷点下のテラスへ引っぱり出して、花火を見てたわ。ハワードはキッチンで、スタイン家のババガヌーシュの作り方を教えてもらっていた。
フィリス　そうね、覚えてるわ。あなたの旦那さんは料理教室に入ったばかりで、みんなが彼のことを偉いってほめてたっけ。
キャロル　私は、「お手伝いってどんなこと？　何をすればいいの？」って聞いたの。そしたらサムが、「フィリスの誕生日がもうすぐだから、何かプレゼントを探すのを手伝ってほしい。何か特別のものを贈りたいんだ」って言ったの。
フィリス　たしかに特別のものだったわね。
キャロル　それで、翌週の木曜日に彼のクラブでお昼を食べながら、プレゼントのアイデアを交換したの。そして、お昼を食べてから買物に出かけて……そう、まずバーグドーフへ行って、それからティファニー、ジェームズ・ロビンソンと回って、最後に、五番街の小さなアンティーク・ショップで、びっくりするぐらい素敵なアール・デコのイヤリングを見つけたの。小さなルビーのついたダイヤモンドのイヤリング。
フィリス　そのイヤリングなら知ってるわ。あなたの耳についてるのを見たことがある。
キャロル　私だって面食らったわ。そのイヤリングを買って店を出たら、彼がいきなり私にその箱を渡して、「君に受け取ってほしい」って言うんですもの。

フィリス　で、あなたはなんて言ったの？
キャロル　「ちょっと待って。私たちフィリスのお誕生日のプレゼントを買いにきたんだから、私がこれをもらってしまったら、何かまた彼女のプレゼントを見つけなくちゃならないでしょ」って。
フィリス　それはどうもご親切に。それで私は、あのいまいましいシルバーのろうそく立てをいただけたっていうわけね。
キャロル　あれ、高かったのよ。
フィリス　あんな古いろうそく立て、オールドミスにやる代物《しろもの》じゃない。そのときあなたは、「フィリスはあなたの奥さんでしょ。私は彼女の友達なのよ」なんてセリフは思いつきもしなかったってわけね。
キャロル　どうしてだかわかる？
フィリス　わかってるわよ、この尻軽女。あなたは会った瞬間からサムに狙いを定めてたからでしょ。
キャロル　そんな……。
フィリス　ごまかさないで。あなたはあの人を見た途端に、両手をこすり合わせて生唾《なまつば》を飲み込んでたのよ。あの人がショービジネス業界相手の法律事務所で働いてて、カッコよくて筋肉マンだったから。しなびきって、骨抜きになった山羊みたいなあなたのご亭主に比べたら、サムはあんたみたいなさえない牛女には理想の人のように見えたことでしょうよ。

キャロル　彼は、あなたとの結婚生活を続けることにもう耐えられないって、お昼を食べながら私に言ったの。彼のほうが私たちの関係を始めたのよ。彼のほうが私に言い寄ってきたの。ランチのときに、目に涙をためて私の目を見て、「僕は幸せじゃないんだ」って言ったのよ。

フィリス　サムが目に涙をためて？　サポーターがきつすぎたとでも言うの？

キャロル　ハワードと一緒にあなたたちに会ったときから、私には彼が不幸だってことがわかったの。あの人といたらサムは幸せになれない。私、あなたたちに初めて会った晩にハワードにそう言ったわ。

フィリス　私にはあなたの家の中の光景が目に見えるようだわ。あなたは前歯を磨いてて、ハワードは寝まきに着がえてスリーピング・キャップをかぶりながら、二人で、自分たちよりいい生活をしてる人の話をして、ちょっとでも成り上がろうと企《たくら》んだのね。

キャロル　僕の妻は精神科医としては優《すぐ》れているかもしれないし、毎日内容の変わる自分の自慢話の中心にはいるかもしれないけど、僕にとっては満足のいく女ではない。彼女は僕を導いてはくれないし、珈琲も持ってきてくれない。

フィリス　その乗物酔い用の袋をとってくれる？

キャロル　サムはものすごい敵愾心《てきがいしん》を抱いてたの。いまはあなたにもわかるでしょうけど。

フィリス　あなたとサムがカクテルを飲んだり、一発やったあと煙草を吸いながら私の話をする光景を想像すると、反吐《へど》が出るわ。
キャロル　私たち、何度か別れようとしたのよ。でも、できなかったの。
フィリス　そうでしょうとも。でも、サムは古い精子の数が増えてくると、あなたに電話して、こう言うのよね。「ねえ、こっちへ来て一発かましておくれよ。僕も一発発射して、女房の愚痴を言いたいよ」。
キャロル　そんなんじゃないわ。私たち、愛し合うよりも話し合うことのほうが多かったんだから。
フィリス　なんについて話し合うの？　いったいあの人があなたとなんの話をするって言うのよ。あの人は男らしい人よ。いったいあなたが、私のこと以外で彼となんの話をするって言うの。あなたの皮下脂肪のこと？　あなたの目の整形のこと？　それとも、顔全体の整形？　買物のこと？　トレーナーのこと？　栄養士のこと？　それとも、あなたはただ彼の肩にしなだれかかって、他人の問題はわかっていても皮肉にも自分の問題はわかっていなかった精神科医の話に、クスクス笑い声を立ててただけ？
キャロル　私は悪いことは何もしてないわ。あなたの夫は私に会う前からあなたのことを愛していなかったんだから。
フィリス　ふざけないで。
キャロル　私たちの友達はみんなわかっていた……。

フィリス　私たちの友達じゃないわ、私の友達よ。私は馬鹿みたいに、みんなをあなたなんかに……。
キャロル　みんなね、あなたとサムのカップルは冗談みたいなものだって思ってたのよ。
フィリス　ふざけないで。
キャロル　お願い、信じて。私がサムを誘惑したんじゃないの。サムは私が現われる前からたくさん浮気をしてたのよ。
フィリス　馬鹿言わないで。
キャロル　真実に向き合いなさいよ。
フィリス　私はあなたの空想には興味ないわ。
キャロル　エディス・モスとかスティーブ・ポラックの秘書に聞いてみなさいよ。
フィリス　嘘つき。売女《ばいた》。あなた、きわめつきの売女ね。あなたのペッサリーは記念としてスミソニアン博物館に保存すべきね。
キャロル　何もかも私のせいにしないで。私があなたの夫をたぶらかしたわけじゃないんだから。
フィリス　このあばずれ、売女、売春婦。
キャロル　あなたはまやかしなのよ。自分の結婚生活には非の打ちどころがないような振りをしながら、実際には、忍び笑いの種になっていたんだから。
フィリス　私はサムを愛してたし、良き妻でもあったわ。

キャロル　私たちはたまたま恋に落ちたけど、彼は私に出会う前から、あなたの親しい上流階級の友人たちに言い寄ってたのよ。マドレーヌ・コーエンもそのひとり。彼女はあなたと同じ精神科医だから、私以上の洞察力であなたのことを分析していたでしょうね。

フィリス　マドレーヌ・コーエンは顎鬚《ひげ》までついてるような、厳格なフロイト主義者よ。

玄関の呼鈴が鳴る。フィリスが出ると、やって来たのはハワードだった。

ハワード　ああ、なんて日だ。何か飲まずにはいられないな。

フィリス　ハワード、知ってる？

キャロル　やめてよ。

ハワード　（自分で飲物を注ぎながら）あのホームにいる連中をひと目見たら、すべては明らかだよ。まったく、あんなところで一生を終えるんだとしたら、いったい人生ってなんなんだ。

フィリス　キャロルの話を聞いたら元気が出るかもしれないわよ。

キャロル　やめてくれない。この人、酔っ払ってるのよ、ハワード。

ハワード　ああ、今夜はとことん飲むぞ。ああ、キャロル、僕の親父はがっしりした体格の男らしい人で、僕をよく野球にも連れていってくれたんだ。

フィリス　言いなさいよ、キャロル。ハワードは何かエネルギーを必要としてるみたいよ。
ハワード　あの気の毒な九十一歳の老婆は、昔は歌手だったのに、いまじゃピアノの前に座って化石みたいになっちまってる。ぜいぜい言いながら『君はクリーム』のコーラスを歌って……ほかの人間は黙ってそれを見つめて、おざなりの拍手をして……あの生ける屍《しかばね》たちは共同のテレビの前に恍《こう》惚《こつ》として座って、服は食べ物をこぼしたあとと、よだれだらけで……。
フィリス　あなた、そこに私たちみんなの場所も予約しといてくれた。
ハワード　僕には耐えられない。あんまりだよ。
キャロル　あなた、飲物は……。
ハワード　僕の父と母のように、二人の人間がともに年をとる。二人はともに衰えていくが、どちらかが先に倒れる。もうひとりはそれを見守り、長い年月をともに過ごしたあと、突然、ひとり取り残される。
フィリス　でも、ハワード、あなたの場合は必ずしもそうはならないかもしれないわよ。
ハワード　いや、そんなことは……。（自分自身に）たしかに、そうかもしれない。
フィリス　さあ、言いなさいよ、キャロル。
ハワード　何を言うんだい？　何かあったのかい？　こんなに早い時間から酔っ払っているのかい？いったい全体どうしたっていうんだ。（室内の混乱にようやく気がつく）

キャロル　ねえ、ハワード、話し合わなくちゃならないことがあるの。
ハワード　なんだよ。
キャロル　いまここで話すのがいいかどうか……。
フィリス　キャロルは出ていくのよ、ハワード。
キャロル　あなた、ちょっと……。
ハワード　わからないな、なんのことだい。
フィリス　彼女は出ていくのよ。ほかの男と駆け落ちするの。
ハワード　どういうこと？
フィリス　つまり、あなたは仲間外《はず》れっていうこと。もう奥さんはいないっていうこと。この人は、うちの旦那と三年間もやりまくってて、あの人と駆け落ちするのよ。
キャロル　（フィリスに）反吐《へど》が出るわ。
フィリス　私、嘘言ってる？　ハワード、その開いた口を閉じなさい。
ハワード　本当なのか、キャロル？
キャロル　サムと私は電撃的に恋に落ちたの。誰も傷つけるつもりなんかなかった。
ハワード　（ゆっくりと座る）信じられない。まさか、君は……。
フィリス　ねえ、ちょっと、怒らないの？

ハワード　怒ってどうなるって言うんだ。怒ったって、元通りになるわけじゃないだろ。
フィリス　理性をもつべきときと、怒り狂うべきときってもんがあるでしょ。ナイフなら、ステーキ用のがキッチンにあるわよ。
ハワード　（理解できずに）君はサムのことをよく言ったことがないね。
フィリス　この人はあなたを裏切ってたのよ、ハワード。
キャロル　黙ってちょうだい。あなた、さっきからずっと意地悪なこと言い続けてるけど、もうたくさんよ。
ハワード　（あっさりと）キャロルはいつも君に嫉妬していたんだよ、フィリス。
フィリス　もう十分お返ししてもらったわ。
ハワード　サムは僕の友達なんだ。
キャロル　私がこの人に嫉妬してたなんて、どうしてそんなこと言うの？　私がいつ嫉妬なんかした？
ハワード　嫉妬以上のものさ。君は彼女に取りつかれていたんだ。
キャロル　あなた、夢を見てるのね、ハワード。
ハワード　僕は作家だよ、キャロル。人が妄執《もうしゅう》に駆られていることぐらい、わかるさ。
キャロル　あなたは作家として失敗した人よ。あなたが創り出した登場人物たちを見るかぎり、あなたは作家になるべきでさえなかった。あなたはダンボール業界にとどまっているべきだったのよ。

ハワード　そして、君はフィリスが手にしているすべてのものにも取りつかれていた。

キャロル　冗談言わないでよ。

フィリス　さあ、さあ、あなたたち、口喧嘩するのはやめて。

ハワード　キャロル、君は自分を芸術家だと思っていた。君は学校へ戻って、精神医学を勉強することも考えていた。

フィリス　これで真実が明らかになったわね。英雄崇拝だったわけね。

キャロル　飲むのはやめて、ハワード。あなた、私よりひどい状態だわ。

ハワード　僕は飲んだって平気さ。物笑いの種になるのは、いつも君のほうだろ。君はフィリスと同じような格好をし、ヘアスタイルも……。

フィリス　断然、病的な話になってきたわね。

キャロル　私は昔から心理学に興味があったのよ。大学の副専攻も心理学だったんだから。

ハワード　いや、副専攻は歴史学だろ。

フィリス　あら、美術かと思ったわ。

キャロル　私は美術史を専攻したのよ。

ハワード　彼女はよく、まだ自分探しを終えていないって言ってたよ。

フィリス　爬虫類の館はのぞいてみたのかしら。
キャロル　（理性的に説明しようとして）たしかに、かつてあなたにものすごく影響を受けた時期はあったわ。
ハワード　それで彼女、私も精神科医になるって言ってたんだ。
フィリス　幸いにも、この仕事には免許がいる。
ハワード　彼女は精神分析と、お得意のヨガを結びつけるつもりだったんだよ。東洋の精神分析っていうわけさ。東洋の、宗教的、全人的、禅的、覚醒夢的セラピーって言うわけさ。
フィリス　どうやって患者を治療するつもりだったの？　ガンジス川にでも漬《つ》けるつもりだった？
キャロル　好きなだけ私を笑い者にしなさいよ。
ハワード　彼女が君の服装を真似ていた時期にはね、オーダーするのはみんなシンプルなスカートと上着ばかりさ。フィリス・リッグスはこんな服は着ないって言って断わった服は、一着や二着じゃないよ。
キャロル　みんな彼の作り話よ。ねえ、ハワード、あなたのお父様が死にそうだからって、私に当たらないで。
ハワード　キャロルは常にアイデンティティの危機を抱えていたんだ。彼女には自分が何者なのかわからなかった。いや、というより、彼女は自分が何者だか知りながら、必死になって別の人間になろうとしていたんだ。だからといって、誰も彼女を責められないけどね。
キャロル　もうわかったから、落ち着いて。あなた、治療の効果が切れてきてるのね。ハワードの気分の浮き沈みはどんどんひどくなってるの。人には知られたくないらしいけど。
ハワード　話を変えるなよ。
キャロル　私はもう何年もそれに耐えなくちゃならなかったのよ。躁と鬱の激しい変化にね。この人、このあいだ、安楽死を促進するヘムロック協会に入ろうとして、拒否されたのよ。
フィリス　あの協会に拒否された？　私なら自殺するわね。
キャロル　やめて。あなた、この人が落ち込んで、食器棚の中のビニール袋をじっと見つめているところなんか見たことないでしょ。
ハワード　僕はあんなホームで一生を終えるなんて、まっぴらごめんだからな。
キャロル　そうかと思うと、突然、突然よ、ハッピーな気分になるの。ハッピーすぎるくらい、ハッピーに。
ハワード　やめてくれ、キャロル。
キャロル　私の買物なんて、この人に比べたら屁でもないわ。ハワードは気分が上向きになると、さっさとプラザ・ホテルにチェックインして、シャンパンからキャビアから、絶対に着ないような服まで、何もかも買い漁《あさ》るんだから。それから、壮大な計画を立てるの。彼を正気に返らせるのは、電気ショックだけ。この人には、私たちにコラーゲンが必要なように、電気ショックが必要なのよ。なのに私には、そのことは隠しておいてくれって懇願するの。
ハワード　少なくとも僕には自分というものがある。僕はハワードで、躁鬱病。キャロルは君になりたがっているけど、君はすでに……。
フィリス　それで、この人は私の夫を盗んだっていうわけね。
ハワード　君だけじゃないんだ。彼女はほかにもたくさんの人間になりたがっているんだ。
キャロル　私はあなたのご主人を盗んでなんかいないわ。彼のほうが私に近づいてきたのよ。
ハワード　彼女は学生時代に美術の教授に対してもアイデンティティの危機を迎えたことがある。
キャロル　その話はもうやめましょう。そろそろ家へ帰ったほうがいいんじゃない。
ハワード　家？　僕らにはもう家なんてないじゃないか。
フィリス　彼女の大学の先生って？
キャロル　ハワード、もういい加減にしないと……。
ハワード　このさいだから知っておいたほうがいいかもしれないけど、僕らが出会ったとき、キャロルはその美術の教授につきまとっていたんだ。素晴らしい女性さ。君ほどの名誉はないけど、とても印象的な女性だよ。
キャロル　あなたがそんな話をするんなら、私、出ていくわよ。

ハワード　そして、キャロルはやがてその教授を崇拝するようになり、自分も彼女のようになろうとした。
キャロル　やめて、やめてちょうだい。
ハワード　（キャロルの身体を揺らしながら）いいから聞くんだ。
キャロル　ずうずうしくも私を責めるのはやめてよ。
フィリス　ハワード、あなた、短気を起こしてるわ。自分の金魚にドロシーっていう名前をつけた人のことを思い出してみたら。
ハワード　キャロルは君の場合と同じくらい、ケイニン教授の真似もした。彼女の衣裳を真似、髪を三つ編みにし、彼女の趣味が反映したあらゆる行動様式を踏襲した。そして、ケイニン教授には幼い子供がいるという理由で、母親になることも決意したんだ。
キャロル　そんな話をされたって、私は何も恥じることなんてないわ。
ハワード　そして、彼女は僕に妊娠させてくれと懇願し、僕はそれを実行したんだ。
キャロル　かなりの努力をして、でしょ、ダーリン。突然インポになった話を飛ばさないでちょうだい。パーキング・メーターに牡蠣《かき》を詰めようとした話を、なさいよ。
ハワード　別に僕は子供が欲しかったわけじゃないし、キャロルだって本当はそうだったと思う。
キャロル　私が本当はどう思ってるかなんて、あなたには何もわかってなかったじゃない。

ハワード　だがほかに、当時の彼女のアイドルだったケイニン教授のようになる方法はなかったんだ。

キャロル　あなたは結局、私を妊娠させられなかった。あなた、そのことを話したいの？　とどのつまりは、そういうことでしょ。

ハワード　彼女は不妊治療の専門医を訪ね、僕は二、三日おきに試験官の中に射精するように求められた。

フィリス　あらあら、とんだ災難ね。

ハワード　彼女はそれを持って、タクシーに飛び乗るんだ。精子がまだ新鮮で、のたうち回っているうちにね。

キャロル　あなたのはのたうち回ってなんかいなかったわ。ただ目的もなくうろうろしてただけ。

ハワード　手短かに言うとね、科学はその魔法の力を発揮して、彼女は妊娠したんだよ。彼女の夢はいまや実現しようとしていた。九か月後には、彼女はケイニン教授のようになるはずだった。ローラ・アシュレーのスカートをはき、アステカ族の宝石を身につけ、美術を専攻して、母親で、作品もある。彼女にはもはや、羨《うらや》むに足りない「キャロル」である必要はなくなるはずだったんだ。

フィリス　ようやく私にも話が見えてきたわ。そこで彼女は怖《お》じ気《け》づいたのね。そして、酔払いのもぐりの堕胎医のところへ行って、間違って顔の整形手術をされた。だから、あんな顔になっちゃったのね。

ハワード　たしかに彼女は怖じ気づいた。でも、それは妊娠八か月目になってからだったんだ。そのときになって、彼女は突然、母親になりたくなくなったんだよ。
キャロル　（小さな声で）そうよ、なりたくなかったのよ。
ハワード　そのときになってようやく、彼女は現実に目覚めて、誰か別の人間になることを空想するのはいいけど、自分はケイニン教授じゃないし、子供も欲しくないってことに気づいたんだ。
キャロル　あなた、どうしてそんな話をするの？
ハワード　手短かに言うとね、彼女は三千六百グラムの男の子を生んだ。映画俳優のブロデリック・クロフォード似のかわいい子供だった。だけど、赤ん坊ってみんな年寄りみたいに見えるだろ。つまり、みんな頭がツルツルじゃないか。僕は最初の数日でその子と折り合いをつけたけど、もし彼女がその子を手放さなかったら……彼女はその子を養子に出すと言って譲らなかったんだ。
フィリス　そして、あなたは後ろに控えて、彼女にそれをさせた。きっとすごくスマートに、穏当にやってのけたんでしょうね。
ハワード　その子を手放した日のことは、いまでもはっきりと覚えているよ。ああ、あのサンドイッチを新鮮に保存しとく袋を頭にかぶせたらいい気持ちになれるんじゃないだろうかって思ったものさ。
フィリス　あなたたちって、ほんとに素晴らしいカップルね。欠陥人間用にアカデミー賞の特別賞があったら、私、絶対あなたたちに一票入れるわ。さてと、私、いまからトイレへ行くから、戻ってきたときには二人ともこの部屋から出ていっていてね。

フィリス、上手《かみて》に退場。

ハワード　これでもう僕らの仲は終わりだね。ずいぶん長いこと一緒にいたけど。
キャロル　私たち、一緒になるべきじゃなかったのよ。
ハワード　どうしてそんなこと言うんだい？　初めはよかったじゃないか。初めの数日間は十分うまくいったさ。
キャロル　いいえ、私が悪いのよ。あなただってほかの女性と結婚してたら、もっとうまくやってたはずよ。ほら、なんて言ったかしら、あの人、アイダ……アイダ。
ハワード　ロンディリーノ。
キャロル　そう、ロンディリーノ。私は彼女からあなたを奪うべきじゃなかったのよ。なのに私、創造的な人と、作家と、一緒にいたかったから……。
ハワード　君はアイダから僕を奪ってなどいないよ。僕が君を見て、迫ったんだ。
キャロル　あなたはそう思ってるかもしれないけど、あのダブルデートした晩、私はあなたと結婚するって心に誓ったの。あなたはイチコロだったわ。
ハワード　ああ、かわいそうなアイダ。
キャロル　アイダなんて、つまらない女じゃないの。でも、あなたには私よりも合ってたわね。私たち、お互いを失望させすぎたわ。
ハワード　君はサムと関係する前から僕を裏切ってたのか？
キャロル　そんな……そう、一度だけ、歯科医と。
ハワード　ああ、キャロル、なんてことを……。
キャロル　あの人、それで、追加のはめ込み料金を請求してたのよ。
ハワード　ほかにもいるんだろ？
キャロル　そんな……あとは、ジェイ・ローランドだけよ。
ハワード　僕のパートナーのか？
キャロル　だって、ハワード、あの人は作家としては相当お粗末だけど、あのポニーテイルがすごくセクシーなのよ。
ハワード　君は僕の執筆のパートナーと寝たのか？
キャロル　一度だけよ。あなたはショック療法を受けるために病院に入ってて、私たちは二人ともあなたのことをすごく心配してたの。だけど、二人ともそのことを表現する方法がわからなくて……。

ハワード　ほかには？
キャロル　それだけ、本当にそれだけよ。あの十五年間は本当に不毛な歳月で、かといって出ていく勇気ももてなくて……あなたが精神的に不安定なのは、あなたが文学の天才だからだと思ってたのに、実は単なる精神異常にすぎなくて……。
ハワード　これからどこに住むつもりなんだい？
キャロル　サムはロンドンって言ってたけど。
ハワード　僕は君に出ていってほしくないんだ、キャロル。
キャロル　出ていかないなんて、そんなこと、どうしてできると思うの？　私にとって大事な人と、本当に大事な人と結ばれて、そこには血も通《かよ》ってて、情熱も感じているっていうのに。
ハワード　僕はひとりでは生きていけない人間なんだよ、キャロル。
キャロル　なんとかなるわよ、ハワード。わかってちょうだい。私、もうすぐ五十歳になるのよ。あと何回、私にチャンスがあると思うの？　お願い、私をこのまま行かせてちょうだい。
ハワード　でも、僕は怖いんだ。
キャロル　たしかに、これであなたの精神はまた下降線をたどるかもしれない。お父様を施設に入れたってこともあるし……。そうだ、カー先生に電話しましょうよ。そろそろ入院して、頭に電気ショックを加えてもらったほうがいいかもしれないわ。（ハワードがポケットからピストルを取り出したことに気づく）ハワード、あなた、何してるの？
ハワード　人生はブラックホールだとつくづく思うんだ。
キャロル　ああ、ハワード、お願い、やめて。
ハワード　もう耐えられないんだ。これ以上生きていたくないんだよ。
キャロル　その銃、どうしたの？
ハワード　親父の持ち物の中にあったのさ。親父はあの偉大なる戦争に行ったんだよ。いわゆる、最初の偉大なる戦争にね。あの、すべての戦争を終わらせるはずだった戦争に……だけど、もちろんそんなことにはならなくて、人間は人間のままだったけど……。
キャロル　そんなもの、下に置いて。
ハワード　すべては汚らわしくて、無意味なんだ。
キャロル　助けて、フィリス、助けて。
ハワード　黙れ。ああ、頭がズキズキする。
キャロル　自殺したって、何も解決しないわ。
ハワード　すべては無に帰するんだ。虚無、そして、老人ホーム。
キャロル　暗い気持ちはやがて晴れるわ。一時的なものよ。フィリス！　お願い。自殺なんかしたって、問題は解決しないわよ。

ハワード　僕は怖いんだよ。
キャロル　ああ、神様、私、見たくないわ。
ハワード　見る必要はないよ。僕はまず君を撃ってから自分を撃つつもりだ。
キャロル　私を？　冗談でしょ、ハワード。
ハワード　まず君、それから僕だ。
キャロル　助けて、フィリス、助けて。
ハワード　黙らないと……。（撃鉄を後ろへ引く）
キャロル　ハワード、お願い、やめて。
ハワード　僕らが二人とも生き続けるべきだっていうなら、その理由をひとつ挙げてみてくれ。
キャロル　二人とも人間だからよ、ハワード。過ちは冒すし、愚かだけど、邪悪ではないでしょ……っていうか、とにかく哀れで、誤解されてて……死に物狂いで……。
ハワード　僕らはみんな宇宙ではひとりなんだ。
キャロル　ハワード、ここは宇宙じゃないわ。ここは、セントラル・パークの西側なのよ。
ハワード　駄目だ、そんなことを言っても無駄だ。僕は死にたいんだ。

ハワードは自分の頭に銃を向け、引き金を引くが、弾は出ない。ハワードは今度はキャロルに銃を向けて繰り返し引き金を引くが、やはり弾は出ない。

ハワード　畜生。こいつは古すぎて壊れてる。ドイツ製なのに、ベンツとは違うのか！

キャロルがハワードから銃を取り上げる。

キャロル　さあ、こっちへ貸して。あなた、イカレてるわ。いったいどうしたっていうの。私、木《こ》の葉のように震えてるわよ。私、ブルブル震えがきて、気を失いそう。鎮静剤がどこかにあったかしら……。

フィリスが入ってくるが、事の次第に気づいていない。

フィリス　まったく、うるさいわね。私、出ていけって言ったと思うんだけど。
キャロル　（震えながら）ハワードが殺そうとしたの、私たち二人を。初めに私を殺して、それから自分を。彼のお父様のピストルで。形見の品《しな》なんですって。でも、壊れてて……引き金を引いたんだけど、弾が出なくて……。

フィリスがピストルを取り上げて、弄《もてあそ》ぶ。

フィリス　この銃なら、なんの問題もないわよ。

ハワード　あなた、安全装置をはずすのを忘れてたのよ。

キャロル　ああ、私、もう倒れそう。

キャロル、退場。フィリスはハワードと一緒に長椅子に座る。

フィリス　要するにね、ハワード、あなたは一種の鬱病にかかってるけど、それにはそれなりの原因があったっていうことよね。壊れてる時計だって、一日に二度は正確な時間を指すように、あなたも理由があって鬱になったのよ。まず、あなたは愛する優しい父上を二流の老人ホームに入れた……。

ハワード　二流なんかじゃないよ。

フィリス　ハワード、現実を認めて。一流の老人ホームだってたいしたことないけど、あなたが自分の予算内で合理的に選んだホームは、あなたにもわかってると思うけど、まやかしの代物《しろもの》よ。それはともかく、親と別れると、子供は心理的に自分自身の人生の終焉を一歩身近に意識するようになるものなのよ。それに続いて、奥さんがあなたを捨ててあなたの親友の元へ走った。あなたより男性ホルモンのレベルが高い、成功している男で、奥さんはその男と、あなたに隠れて二年間も付き合ってた。そうなれば、鬱になったって当然よ。鬱にならなかったら、あなたは馬鹿だってことだわよ。私、あなたの助けになってるかしら？

ハワード　僕は息子に会いたいんだ……。

フィリス　まあ、もって半年でしょうね。

ハワード　サムとキャロルがかい？　あの二人はロンドンへ移り住むかもしれないんだよ。

フィリス　ロンドンだろうとティエラ・デル・フエゴだろうと、半年は半年よ。あの二人はうまくいきっこないわ。

ハワード　あいつはいろんな女と遊んでたからな。

フィリス　あなた、知ってたの？

ハワード　知らない奴なんていないさ。

フィリス　私だけね、たぶん。

ハワード　たしかに、君だけだと思うね。僕は、トウェンティ・ワンのウェイター見習いから卑猥《ひわい》なジョークも聞かされたような気がするよ。

フィリス　ウェイター見習いまで知ってたの？
ハワード　もちろん、彼は、僕がサムや君の知り合いだとは知らなかったんだけどね。ある日、僕があそこでランチを食べているときに、サムが入ってくるのを見て、ウェイター見習いがウェイターを肘でつついて、サムのほうを顎でしゃくってみせてから、セクシーなブルーネットのほうを見て言ったんだよ。「まったくたいした神経の持ち主だ。あの女とやりまくってるくせに、奥さんともしょっちゅう一緒にやって来るんだから」。まだポーランドから来たばかりなのに、そのウェイター見習いが「やりまくる」なんて言葉を知ってるのに驚いたからよく覚えてるんだ。
フィリス　素晴らしい話ね。ハワード。ウェイターも、ポーランド人のウェイター見習いも知ってることを、私だけが知らなかったのね。

玄関のドアが開いて、サムが入ってくる。

サム　（素っ気ないが決然として）原稿の残りを取りに来たんだけど……。（自分の作品が床に散乱しているのを見て）ああ、いったい君は何をしたんだ？
フィリス　ちょっとそこのあなた、教えてほしいことがあるんだけど。
サム　もうさんざん文句は言っただろ。僕は理性的に解決したいんだよ。さもないと、僕の頭は君のヒステリックな……。
ハワード　君は僕の妻と二年間、不倫を続けていたんだね。
サム　そのことで君と話がしたいんだ、ハワード。まず謝まるよ。
フィリス　それですべては解決するっていうわけね。
サム　君の話は聞きたくないって言っただろ。僕はただ原稿を取りに来ただけで……まったく、君はいったいなんてことをしてくれたんだ。
ハワード　謝まってもらっても、そう簡単には受け入れられないよ、サム。僕らは親友のはずなんだからね。
サム　（床から原稿を拾い上げながら、フィリスに怒りを露《あら》わにして）いろいろ複雑な事情があってね……。
フィリス　だから、私の友達全員とやったたってわけ。
サム　ここ数年、僕は辛かったんだよ、フィリス。仕事がうまくいってなかったし……どうして君は原稿を破ったりしたんだ？
フィリス　私、「だから、私の友達全員とやったたってわけ」ってきいたのよ。
サム　君の友達全員となんかやってないよ。
フィリス　嘘つき。私、知ってるのよ、何もかも知ってるのよ。

サム　何もかも知ってるんなら、もう僕に話をさせる必要はないだろ。僕の原稿に足を乗せるな。よすんだ。（無理やり足をどける）足をどけるんだ。
フィリス　痛いわね、このろくでなし。
サム　僕はもう君に話をする機会を与えたし、自分の気持ちも洗いざらい打ち明けた。その結果がこれか？
フィリス　私、あなたを信じてたのよ。あなたが内心不満を抱いてたなんて、どうして私にわかるの？　欲求不満になって私の友達と付き合ったりなんかしないで、正直に言ってくれればよかったじゃない。
ハワード　（怒りを露わにして立ち上がって）僕はものすごく頭にきてるんだ、サム。人の女房を寝取りやがって……。
サム　（ハワードを無理やり座らせて）座ってくれ、ハワード。いくらでも話し合えるじゃないか。謝まるって言っただろ。
フィリス　エディスとヘレンと寝たのは知ってるけど、ポリーとはどうなの？
サム　君は頭がイカレてるよ。僕はこんなところから出ていけて、本当によかった。
フィリス　まだ終わったわけじゃないわよ、あなた。
サム　この騒ぎが収まれば、僕はもう過去の人間さ。

ハワード　彼女はトウェンティ・ワンのブルーネットのことも知ってるんだ。あの、ボインで唇の厚い女。
サム　なあ、ハワード、キャロルとのことは悪かったよ。でも、僕は本当に君に気づかれるとは思わなかったんだ。
フィリス　（サムのほうににじり寄って）妹はどうなの？
サム　なんのことだよ。
フィリス　スーザンよ。
サム　だから、スーザンがなんなんだよ。
フィリス　あなた、スーザンとも寝たの？
サム　君には幻覚症状が現われてるよ。
フィリス　その幻覚症状って言葉、私があのシステム手帳を見つけてキャロルのことを問い質《ただ》したときにも使ったわよ。
サム　そりゃあ、あまりにも馬鹿げたことだからさ。
フィリス　馬鹿げてなんていないでしょ。キャロルと寝てたんなら、スーザンとだって十分あり得るわ。そういえば、あなたはいつもあの子に見惚《と》れてたし、あの子はいつもイースト・ハンプトンまであなたのソフトボールの試合を見に行ってた。

ハワード　いったい君はどういう女なんだ、フィリス。本来は君と親しいはずの人間が、みんな進んで君のことを裏切ってるじゃないか。
フィリス　（そう言われてハッとするが、すぐに落ち着きを取り戻して）あなた、ショック療法が必要だわね、ハワード。指を濡らしてコンセントに触わってみたらどう？
サム　僕は自分の原稿を拾い集めて、ここから出ていく。もう永遠に、おさらばだ。
フィリス　（電話のところへ歩いていく）スーザンに電話してみるわ。
サム　やめろよ！（フィリスから電話器を取り上げて、下に置く）
フィリス　鼻の穴が全開になってるわよ。怖いのね。
サム　怖いって、何がだよ？　僕はもう君の人生とは関係ないんだ。
フィリス　（もう一度受話器を取り上げて）ねえ、あなた、妹に電話するぐらい許してくれるでしょ。
サム　自分を笑い者にして、そんなに楽しいかい。
フィリス　（電話をかける）私の最初の旦那も女は好きだったけど、そこまでえげつなくはなかったわ。あの人の安らかならんことを。あの人、いま、たしかセコーカスだったかどこだったかに住んでたと思うけど……。（電話がつながる）もしもし、ドナルド・スーザンをお願い。
サム　しかし、そこまでやるとは……。（自分に飲物を注ぐ）
ハワード　彼女はたしかに男をタマ抜きにする女だけど、だからといって、君がやったことは許されないよ、サム。
サム　僕は何もしてないよ。
フィリス　（受話器に向かって）スーザン、あなた、サムと浮気した？　だから、サムと浮気したかって聞いてるのよ。あなたがここにいたとき……そんな話、信じられないわ、スーザン。したんでしょ。あなた、そうやって私に仕返ししようとしたに決まってるわ。
ハワード　仕返し？　君はスーザンの旦那と寝たのかい？
フィリス　（ハワードに）そんなことするはずないでしょ。（電話に）え？　何？　私はドナルドとなんか寝てないわよ。私がユダヤ人の宝石商なんかと寝ると思う？　だけど、あなたはサムと寝たのよ。あなたは迷子の放浪者だから。私のおかげで自由にしていられたくせに、私を恨んで、こんな仕返しをするなんて。（怒って電話を切る）
サム　ブラボー。これで君は彼女の前でも笑い者だな。だってベイビー、僕は……。
フィリス　私のことをベイビーなんて呼ばないでちょうだい。
サム　だったら、ゴジラ。僕はスーザンには指一本触れてないよ。
ハワード　トウェンティ・ワンのブルーネットの女は誰だったんだ？
サム　ハワード、ちょっと休んだらどうだい。

キャロルが入ってきて、サムを見て驚く。

キャロル　サム。
サム　やあ、キャロル。
キャロル　フィリスとハワードはもう何もかも知ってるのよ。大変な夜だったわ。
ハワード　おできを釘でつついたら、膿《うみ》がどんどん出てきちゃった感じだな。
キャロル　もう行く、サム？　家で荷物を詰めるのに一時間はかかるわ。
サム　行くって、どこへ？
キャロル　私たちのマンションへよ。アマガンセットの。あなたがそうしたいなら。まっすぐロンドンへ行ってもいいわよ。私、もう何も気にすることがなくなったから。
サム　わからないな。いったい僕らがどこへ行くって？
キャロル　ここを出ていくのよ。私たちはみんな明らかに新しい人生を必要としているわ。サムと私だけじゃなくて、ハワードとフィリスも。やってみましょうよ。今夜を皮切りにして。悲観的になる必要なんて、ないじゃない。私にはサムがいるからそんなことも簡単に言えるんだって思うかもしれないけど、みんなだっていずれ蒙《もう》を啓《ひら》かれて、お互いに助け合うことができるようになるわよ。
サム　ちょっと待ってほしんだけど、僕らは別にどこへも行きはしないよ。

キャロル　あなたはロンドンって言ったけど、私はただここから出ていければそれでいいの。
サム　キャロル、たぶん君は何か誤解していると思うんだ。
キャロル　なんのこと？
サム　僕はある人と出会って、いま恋をしているんだ。
キャロル　どういうこと？
サム　ある女性と出会って、恋をしてるんだよ、僕は。
キャロル　わからないわ。あなたが恋をしてるのは、私でしょ。
サム　いや、違う。僕らは浮気はしたけど、恋なんてしてないよ。
キャロル　私はしてるわ。
サム　いや、でも、僕は……君、もしかして、君のために僕がフィリスのもとを出ていくと思ってたの？
キャロル　サム、あなた……。
フィリス　ときどき早合点っていうのがあるのよね。
サム　ねえ、キャロル、僕はその点に関しては一点の曇りもないし、少なくとも僕はそう思って……。
キャロル　（よろめいて）脚が……脚が……めまいがするわ……天井が回ってる……。
ハワード　誰か、気付け薬を！（笑う）ハ、ハ、ハ……。

フィリス　（キャロルに）あなた、何を考えてたの？
キャロル　サムは……サムは……二人で一緒に過ごした午後、私たちはいつも……。
サム　だけど、それだけだよ。僕らはともに情事を楽しんでいただけじゃないか。
キャロル　それは初めはそうだったかもしれないけど……。
サム　ずっと同じだったよ。
キャロル　そんなこと、あり得ないわ。
サム　あり得るさ。
ハワード　（すっかり面白がって）こいつはほんとに滑稽だな。
キャロル　だけど、将来のことをあんなに話し合ったし……ロンドンのことだって……。
サム　そんなのはみんな空想で、現実的な計画じゃなかったじゃないか。
キャロル　そんなこと……。
サム　あるはずないよ。僕らはそんな関係になったことは一度もなかったんだから。
キャロル　なったわよ。
サム　僕らは恋したことなんて一度もなかった。少なくとも僕のほうは、なかったよ。
キャロル　だってあなた、私に……。
サム　いや、言ってない。君は夢を見ていたんだよ。

キャロル　「なんとかしていまの結婚生活を終わりにしなくちゃならない。息が詰まって、死にそうだよ。君といられるおかげで僕はなんとか生き永らえているんだ」。あなた、そう言ったじゃない。
サム　不倫について、僕は一日目から基本原則を君に話して聞かせたじゃないか。
キャロル　そうよ、でも……それは変わったような気がしたし……関係が深くなって……あなた、ロンドンへ行ったら君は幸せになれるかいって、私に聞いたじゃない。
サム　キャロル、君はちょっと深読みしすぎてるっていうか……。
キャロル　（すべてを理解して）この、人でなし、あなた、私を利用したのね。
フィリス　（うんざりして）私があなたを窒息させたって？　あなたが死にそうだったって？　よく言うわね、このピエロ。
ハワード　（よりいっそう楽しそうに）そうだ、あいつはピエロだ。ここはサーカスで、あいつはピエロ。そして、僕らはみんな怪物だ。
キャロル　あなた、私をだましたのね、嘘をついたのね。
フィリス　自業自得だっつうの、この、隠れ売女《ばいた》。
キャロル　「キャロル、僕は君と一緒にいたい。君といられれば、僕は幸せなんだ。君といるときだけ、僕は生きていられる。僕の希望をことごとく打ち砕いた、あの自己中心なナチの突撃隊員から僕を救ってくれ」。

フィリス　ナチ？　あなた、私がナチだって、この人に言ったの？
サム　（無邪気に）僕は君がナチ党の正式な党員だったと言ったことは、一度もないよ。
キャロル　私には信じられない。愛していない人があんな愛し方をできるはずないわ。
フィリス　固い棒には自意識はない。
キャロル　（打ちひしがれて）私たちの関係は、本当の……本物の……。
サム　（キャロルのほうに）君の希望的観測の責任を僕に押しつけないでくれ。僕はごまかしを言ったことなんて一度もないよ。
キャロル　だって……。
フィリス　現実感に乏しい女がひとり……。
キャロル　現実感がないのは、あなたでしょ。亭主が手当りしだいの女と浮気してるのに、自分だけは結婚生活がうまくいってると思い込んでたくせに。
サム　もう十分だよ。キャロル。
キャロル　ナンシー・ライスともあなたのベッドで寝たのよ。この人。
フィリス　ナンシー・ライスって、倫理委員会の人じゃないの！
サム　（キャロルに）そんなふうに事を荒立てて、いったいなんになるっていうんだい？
フィリス　ナンシー・ライスは病院の倫理委員会の委員長よ。専門は、たしか、道徳的選択だったはずだわ。

サム　ああ、たしかに僕は、君がデンバーへ行ってたとき、ナンシー・ライスと束の間の関係をもったよ。だけど、それは彼女のほうが仕掛けてきたんだ。それに、君と僕はもう語るに足るような性生活を営んでいなかったし。

フィリス　その理由がいま、私にはわかったわ。男は毎日十回以上も射精なんてできないからよ。

サム　そうじゃないよ。

フィリス　そうじゃない？　じゃ、どうしてよ？

サム　どうしてって、なんで僕らはいま大声でそんなことをわめき合わなくちゃならないんだい？

フィリス　私たちの性生活が水蒸気のように蒸発した理由って、なんなのよ。

サム　そんなこと、本当に知りたいのかい？

フィリス　そうよ、知りたいのよ。その忌《い》ま忌《い》ましい理由を言いなさいよ。

サム　自然にしたくなる感覚がなくなっちゃたんだよ。

フィリス　あなた、知恵遅れの人間に向かって話してるつもりなの？　私はあの人とは違うのよ。

（キャロルのことを示唆して）

ハワード　キャロルは知恵遅れなんかじゃないよ。たしかに、彼女には学習障害があるけど、それはまた別物だからね。

キャロル　黙っててくれる、ハワード。
ハワード　君こそ、引っ込んでろよ。僕は、君が知恵遅れのように見えるかもしれないけどそうじゃない理由を説明してやってたんだぞ。
キャロル　彼があなたに背を向けたのはね、フィリス、あなたが男を性的に十分満足させようとしないからよ。嘘じゃないでしょ、サム？　あなた、たしか、「裸の緊張型分裂症」とかなんとか言ってなかった？
サム　余計な口出しはしないでくれ。
ハワード　問題は、フィリスは男を去勢しかねないってことだと思うな。
サム　どこかへ消えてくれ。
ハワード　自分でそう言ってたじゃないか、サム。昼に酔っ払って、さんざん愚痴ってただろ。ああ、あの頃はいったいどこへ行っちまったんだ。俺の希望はいったいどうなっちまったんだ。俺は一生フィリス・リッグスの夫として生きていかなくちゃならないのかって。
フィリス　これって、何かすごく馬鹿げてない？　私は成功したから、みんなから罰を受けなくちゃならないの？　妹からも、友達からも、夫からも……。
ハワード　人間はね、弱い奴なんて憎みはしないんだ。強い人間を憎むんだよ。
キャロル　ねえ、サム、私を誘惑したのは、あなたでしょ。私を愛してるって言ったじゃない。

サム　絶対に……絶対に……。

キャロル　言ったわよ。

サム　僕はその言葉を使わないように細心の注意を払ってたんだ。

フィリス　弁護士とセックスはするな。専門用語で誤魔化される、ってわけね。

ハワード　何か音楽をかけてもいいかな。

キャロル　やだ。それって、あの人が躁《そう》の状態になりかけてる兆候だわ。

ハワード　僕はラケットボールでサムをやっつけられるんだぞ。

サム　そう、たしかにそうだね、ハワード。

ハワード　（音楽をかけながら）サムはそれでいつもカリカリするんだ。こいつは筋肉マンだけど、ちょっと頭が足りなくてね。

サム　あ……。

キャロル　ねえ、サム、私、ちゃんと計画を立てたの。まず、あなたはフィリスのもとを去るの。

ハワード　奴はそうしたよ。キャロル。君、聞いてなかったのか？

キャロル　黙って、このサイコ野郎。

ハワード　みんな、すっかり落ち込んでるみたいだから。（音楽のボリュームを上げる）

キャロル　そんなもの、止めて。

ハワード　なんだって？
キャロル　音楽を止めるのよ！

サムが音楽を止める。

ハワード　みんな、いったいどうしちゃったんだい？　葬式があったとでも思ってるのかな。
サム　ハワード、落ち着いてくれ。
ハワード　みんなすごく苛々《いらいら》してるけど、たぶん、お腹が空《す》いているせいだな。何か手早く用意したほうがいいかな？
キャロル　バカ。
ハワード　なんだって？
キャロル　バカ。間抜け。
ハワード　バカがマヌーケ？　ああ、ババガヌーシュね、そいつはいい。それを作ろう。

ハワードはキッチンへ出て行く。

キャロル　私、あなたが好きなの、サム。ずっと愛してたし、いまもあなたを愛してるの。
サム　僕には君を誘惑するつもりはなかったんだ。僕は注意深く……誰も傷つけないようにしてるんだよ。

玄関の呼鈴が鳴り、いちばん近くにいたキャロルがドアを開けると、若くて美しいセクシーな女性が入ってくる。彼女の名前は、ジュリエット・パウエル。

ジュリエット　（サムに）下で待ってたんだけど、心配になっちゃって……ほら、前にも、頭をぶつけそうになったことがあったでしょ……だから私……あなたがなかなか下りてこないから……。
フィリス　ああ、いや、やめて。
キャロル　この人なの？
ジュリエット　上がってくるかどうか、すごく迷ったのよ。でも、あなた、五分って言ってたし……。
サム　これが、例の……彼女……ジュリエット・パウエル。こっちがキャロルで、こっちがフィリス。リッグス博士のことは紹介する必要ないと思うけど……。
フィリス　紹介はけっこう。黙って私をベルヴュー・ホテルまで乗せてってってチェックインさせてちょうだい。

キャロル　あなたたち、知り合いなの？

サム　まあ、もうこうなったら、何もかも洗いざらいぶちまけて、さっさとけりをつけることにしよう。ジュリエットはね、フィリスの患者なんだよ。これでいいかな？

フィリス　あなた、いったい、いつ……。

サム　（キャロルに）もうずっと前にね、たまたま彼女をここの待合室で見かけたんだ。まあ、僕はそこを通らなくても部屋に出たり入ったりできるんだけど、ごくたまに、フィリスの傷ついた患者が入ってきたり、出ていったり、涙にくれていたり、静かに座って『タウン＆カントリー』を読んだりしてるのを垣間見ることがあるんだよ。でね、彼女を見かけたとき、僕は思ったんだ。「ああ、あんなに若くて生きいきとした美しい女性が、あの年で、いったいどんな問題を抱えているっていうんだろう」って。で、運命のいたずらって言うのかな、数週間前に、僕が出かけようとしたら、ちょうど、フィリスの診察を受けにきたジュリエットがエレベーターから下りてきたんだ。で、僕は彼女に声をかけて……といっても「こんにちは」って挨拶しただけだったけど……でも、彼女が五十分後には出てくることがわかってたから、新聞を買って、通りの向かいの公園のベンチに座ってたんだ。そしたら、きっかり五十二分後に彼女が出てきて、僕はまた挨拶して、「驚いたな、まったく」みたいなことを言って……そして、僕はもうすぐ彼女と結婚することになってるというわけなんだ。

フィリス　（ジュリエットに）そして、私は精神科医をやめて、ヘムロック協会に入れてもらうってわけね。
ジュリエット　（あどけなく）私、それで、ここへ来るのをやめたんです。あなたにあのまま精神分析をしてもらうのは賢明じゃないかなと思って。だって私、あなたの……。
フィリス　夫とファックしてたから。それはどうもご親切に、十代のミス・アメリカさん。
キャロル　この人はあなたの娘ぐらいの年じゃないの、サム。
サム　でも、彼女は僕の娘じゃないんだよ。彼女は、僕とは縁もゆかりもない、モートン・パウエル夫妻の娘さんなんだ。『ウォール・ストリート・ジャーナル』を読んでない人は知らないだろうけどね。
キャロル　でも、あなたたちに通じ合う部分なんて、あるの？
サム　君は驚くだろうけど、彼女はほんとに魅力的で教養のある、二十五歳の……。
ジュリエット　二十一よ。
サム　そう、もうじき二十五歳っていうこと。あと四年がこれまでどおりに過ぎていったらね。
キャロル　あなた、何をしてるの、ミス・パウエル。
ジュリエット　してる？
キャロル　つまり、あなたの仕事っていうか……。

ジュリエット　映画の編集です。大学を卒業したらってことですけど。
キャロル　卒業パーティーには出るの？
ジュリエット　私、本当はもう卒業してたはずなんですけど、一年間休学したものですから。
フィリス　パウエルさんは精神的にいくつか大変な問題を抱えていらしたのよ。
ジュリエット　そう、そうなんです。
フィリス　一年前に私のところへ来たときには、すっかり混乱して、内向きになってて、拒食症の症状もあって、男の人には心を閉ざしていたの。だから、私は彼女を解放して、女として復活させてあげたいと思った。
ジュリエット　あなたはそうしてくださいました。
フィリス　そうね。
ジュリエット　私にとって、精神科医としてのあなたを失うのはすごく怖いことでした。でも一方で、あなたは常に私を、自分の利害だけを考えて行動させようとしました。
フィリス　そしてあなたは、私の五十歳の夫は自分の利害にかなうと考えたのね？
ジュリエット　初めは私も不愉快な夢を何度か見たんです。例のクモの夢です。ただ今回は、あなたが猛毒のクロゴケグモで、母がサソリ、そしてキャロルがタランチュラコウモリグモでした。
キャロル　あなた、私のことなんか、知らなかったじゃない。

ジュリエット　サムから話を聞いていました。そして、その話によればあなたは……。
キャロル　タランチュラだっていうの？
ジュリエット　毛深くて貪欲《どんよく》だという話から、無意識のうちにそのクモのイメージが作られたんだと思います。
キャロル　毛深くて貪欲？
ジュリエット　ええ、申し訳ないですが、そう伺《うかが》いました。私、すごく迷ったんです。でも、サムが結婚生活はもうずっと前に終わっていると言うので、私がそれを壊すことにはならないような気がして……彼はそのときすでに、キャロルやバックスバウム夫人と寝ていましたから。
フィリス　誰ですって？
ジュリエット　バックスバウム夫人です。あの、杖をついた……。
フィリス　ああ、サム、あの人は不具者じゃないの。
サム　それはどういう意味だい？　ねえ、フィリス、たしかに、君を騙《だま》したのは誉められたことじゃないかもしれないけど、女性の片脚が短いからって、それは不名誉なことじゃないだろ。
フィリス　あなた、あの人とどうやってやったの？　あの人を箱の上にでも立たせたの？
キャロル　（サムに）どうして私が毛深くて貪欲なのよ？　私が何を欲張った？　私はこの身も差し出したし、ほかにも何もかも与えたじゃない。あなたから電話があれば走ってかけつけたし、予定もキャンセルした。嘘もついた。あなたに合わせるたびにスケジュールもあれこれ調整して、それでも代償なんか何も求めなかった。なのに、どうして私がタランチュラなの？　ドクグモなの？

サム　彼女の夢の中の君のイメージにまで、僕に責任をもてっていうのかい？

キャロル　ジュリエット、あなた、自分が結婚しようとしている男がどんな男かわかってるの？

ジュリエット　というか、結婚というのはサムの言い出したことで、私はただ成り行きに任せておけばそれでいい、っていう感じなんです。

サム　いや、僕は結婚したいんだ。それが必要なんだよ。このままこんなことを続けるわけにはいかない。僕は一度でいいから安定が欲しいんだ。人生を多少とも健全にしたいんだよ。ああ、ジュリエット、君は僕が夢に思い描いていたすべてのものを兼ね備えているんだ。

キャロル　二十歳《はたち》の拒食症の人が!?

サム　二十一だよ。そして、彼女は映画の編集をする人だ。

フィリス　半年前には、彼女は男を見ると必ず発疹《ほっしん》ができてたのよ。

サム　君たちが考えてることはよくわかるけど、これは現実なんだよ。君たち二人がなんと言おうとも、僕はもうプレイボーイをやめたんだ。いろんな相手とセックスしたって、なんにもならない。空虚で安っぽい愚かな不倫をして、人間、満たされると思うかい？

キャロル　そうね、サム、あなたの言うとおりだわ。

サム　（ジュリエットに）僕が言いたいのは、僕は君に出会い、いつまでも君といたいと思ってるっていうことなんだ。
フィリス　彼女がいまの私の年になったら、どうするの？　あなたはその頃、年金で暮らしてて、食べ物をあちこちにこぼしてるでしょ。
キャロル　私、自分が若くもきれいでもないことはわかってるつもりだけど、これはちょっとひどすぎるわ。こんなの私、我慢できない。
ハワード　（軽やかに現われる）ラヴィオリを作ることにしたよ。だって、キッチンにそれしか……。
キャロル　私の人生はメチャクチャよ。
ハワード　ペストがないのは残念だけど、クリームソースが作れるし、アンチョビとバルサミコで、ちょっとしたトマトサラダも作るから……こちら、どなた？
ジュリエット　（ハワードと握手しながら）ジュリエット・パウエルです。
ハワード　ハワードです。
ジュリエット　私、半年前には自己紹介もできなかったんです。
サム　ああ、ジュリエット、僕と結婚することをためらってなどいないと言ってくれ。僕を安心させておくれ。
ジュリエット　私はただ、お互いの気持ちをよく確かめたいと思っているだけなの。このまま会い続けてどうなるか見守るだけでは、どうしていけないの？
サム　君は手を引こうとしているんだ。もう話はついたと思ったのに。ゆうべは君の気持ちも決まっていたじゃないか。
ハワード　（ジュリエットに）どうして結婚なんかするんだい？　君はまだ子供じゃないか。
サム　ハワード……。
ハワード　いや、これは真面目な話だ。彼女はまだ子供で、君は過去の遺物だ。いや、そこまで言うつもりはないが、彼女の相手としては年を取りすぎている。
サム　余計なお世話だよ。
ハワード　しかも、君は人生の行手にこんなにも重荷を背負っている。君は傷ついて、苦痛にあえいでいるんだ。
サム　僕は苦痛にあえいでなどいないよ、ハワード。僕はただ一からやり直したいだけなんだ。
ハワード　それを望まない人間などいないよ。（ジュリエットに）結婚は誰にとっても一大事だ。君みたいな子供と、大混乱した中年のカサノヴァにとってはなおさらだよ。
ジュリエット　私はずっと、もう少し待つべきだと思うって言い続けてきたんです。
サム　僕には君が必要なんだ。
ハワード　奴には君がいずれ他の男と出会うことがわかってるから、不安なんだよ。

サム　余計な口出しはやめてくれ。この男は精神異常者なんだ。
ハワード　そんなに急ぐことはない。この若い女性が言っていることが聞こえないのか。君は無理を押し通そうとしているよ。（ジュリエットに）いまの君に結婚なんてなんの必要があるって言うんだ。一人《ひとり》の男に縛られたくなんてないだろう。君は自由に人生を謳歌すべきだよ。青春は一度しかないんだから。
ジュリエット　そうなんです。私はフィリスのおかげで、まだ自分の殻から出てきたばかりなんです。
フィリス　もしそれが私のおかげなら、私もこのあとショック療法を受けることにするわ。それからね、私のことをフィリスと呼ぶのはやめてちょうだい。私はいまでもリッグス博士なのよ。
キャロル　（サムのところへ走っていって、彼をぶつ）私がクモですって⁉　私が毛深くて貪欲なクモですって⁉
サム　キャロル、やめてくれ。
ハワード　僕が言いたいのは、彼女は結婚なんてまだ考えるべきじゃないってことなんだ。とくに、君との結婚はね。いいかい、ジュリエット、結婚はすべての希望の終わりだってことを覚えておくんだよ。
ジュリエット　すべての希望の終わり？　なんて詩的な表現なのかしら。
ハワード　これでも僕は作家だからね。

サム　（ハワードに）君にとってはすべての希望の終わりでも、僕らにとっては明るい未来なのさ。
ジュリエット　彼が結婚のことを持ち出したとき、私、ひどく戸惑ってしまって。
ハワード　ジュリエット……君のことをそう呼んでもいいかな？　もしこの男が一生ものの約束をしたとしても、悪いことは言わないから、自分の人生を、君の若い命を、大切にするんだ。なんといったって、いまの君はそんなにきれいで、そんなに魅力的なんだから。そんなに甘美で、瑞々《みずみず》しくて……。
フィリス　ねえ、ハワード、なんだかあなた、彼女のことを料理したがってるみたいに聞こえるわよ。
サム　こんな男をちょっとでも信用するなんて間違ってるよ。こいつは漫画もいいところなんだ。
ジュリエット　前にも言ったけど、サム、私はあなたと付き合うまで誰とも付き合ったことがなかったの……。
ハワード　君に惚れる男はこれからたくさん出てくるよ。君はとてもかわいらしいもの。僕だって例外じゃない。たったいま出会ったばかりで、もう……。
サム　こいつ、俺と張り合ってやがる。信じられない。俺と張り合うなんて。
ハワード　君の人生のプランは？
ジュリエット　私、映画の編集の仕事をしたいんです。
ハワード　ああ、僕にピッタリじゃないか。僕はこれまで映画の脚本をたくさん書いてきたんだ。

サム　ひとつも売れなかったけどね。ああ、それから、小説もひとつ書いただろ。
ジュリエット　（感心して）小説を書いたんですか？　なんて素敵なんでしょう。
サム　（多少ムッとして）あっという間に消え去っていったけどね。元大学スポーツ選手を題材にした、見え見えのモデル小説で、その男は、優秀で口の悪い奥さんといつも張り合ってるんだけど。奥さんのほうはある病院の部長で、本も書いていて、行く先々で注目の的になって、夫が弱虫だってことにはいっこうに気づかずに、いつの間にか哀れな夫の精力をそいでしまい、結果的に、夫は不貞に走るんだ。
フィリス　肉体的、精神的不具者の女とね。
ハワード　ああ、ジュリエット、僕には西海岸で素晴らしい可能性が待ち受けているんだ。そういえば、明日もパラマウント映画から電話がかかってくることになっててね。
サム　この男は妄想を抱いてるんだよ、ジュリエット。実際にはこいつには何もないし、こいつ自身も何者でもないんだ。
ジュリエット　ああ、私、なんだかまた頭痛がしてきてみたい。
サム　まったく信じられないな。ほんの些細な行き違いがいつの間にか大悲劇にまで膨《ふく》れ上がってしまったじゃないか。僕は君のことを愛してるんだよ、ジュリエット。僕らの愛は永遠の愛だって誓ったじゃないか。さあ、もう行こう。

ハワード　まあ、そう急ぎなさんなって、サム。ジュリエットと僕は本物の可能性を秘めてるんだから。

サム　あいつは頭がおかしいんだ。感情がヨーヨーみたいに大きく上下に変動するんだ。あと十分もしたら、みんなでこいつを窓枠から引きずり下ろさなくちゃならなくなるだろう。

ハワード　僕と一緒にカリフォルニアへ行くことを、考えてみてほしい。MGM《エムジーエム》との大きな契約が、いまや僕の返事を待つばかりになってるんだ。

ジュリエット　さっきはパラマウントって言わなかった？

ハワード　（ものすごい早口になって）僕は映画というものは偉大な芸術だと思っているけど、ひとつヒット作を出すと、むこうは映画三本を引っくるめた契約を押しつけてくるんだ。僕には高尚な構想がいくつかあって、そのうちのひとつは自分で監督したいと思ってる。監督には昔からすごく関心があったんだけど、これまではいつも断わってきたんだ。でも、今回は魅力的な条件なので、検討してみるかもしれない。編集は君に任せるよ。ビバリーヒルズの不動産屋に連絡すれば、すぐに家も借りられる。初めから買うのは馬鹿だからね。どのくらいむこうにいるかもわからないんだから。だけどもちろん、広い家にするよ。ベル・エアあたりで、オリンピック・サイズのプールが欲しいね。子供たちも喜ぶだろうし。そうだ、そういえばこのあいだ、ウォーレン・ビーティーが家を売るかもしれないっていう記事を読んだな。ウォーレンとは昔からの友達でね。そんなにいつも一緒にいたわけじゃないけど。政治集会で会って……。（時計を見る）いまから電話してみようか。

ええと、むこうはこっちより三時間早いから……。

サム　（うんざりして、ジュリエットの腕をつかむ）さあ、もうこんなところから出ていこう。

ハワード　（サムを遮《さえぎ》って）おい、おい、そう急ぎなさんなって。

サム　どいてくれ、ハワード。

ハワード　ダメだ、サム。いつも思いどおりにいくと思ったら、大間違いだ。

サム　もう行くって言っただろ。

ジュリエット　お願い、あと少しだけ待って。私、とっても不安なの。

サム　もう待てないよ。話だったら、車の中でもできるから。

ハワード　彼女を放してやれよ。

サム　ハワード、お前……。

ハワード　僕は本気だよ、サム。僕はこの子を君の勝手にはさせないよ。僕は残りの人生を彼女とともに過ごすんだ。

サム　いいから、そこをどくんだ。

　サムがハワードを押しのけようとして、取っ組み合いが始まる。そして二人ともどんどん本気になっていき、周囲の人間を驚かす。

フィリス　さあ、もういい加減にしなさいよ。ここは、ジャングルの中じゃないのよ。セントラル・パークの西側なのよ。
ジュリエット　やめて、彼のことを放して。
ハワード　こいつ、僕の首を絞め……。
フィリス　やめなさいってば。
ジュリエット　お願い、もうやめて。やめて、やめて。

みなが立ち上がり、サムを止めようとして即興の演技が始まる。やがて、ジュリエットが銃を手にして、サムを撃つ。叫び声。

サム　ああ、なんてことだ。
フィリス　サム！
ジュリエット　やだ、弾が出ちゃった。
サム　背中がものすごく痛い。
フィリス　救急車を呼んで。

ジュリエット　私、こんなことするつもりじゃなかったのに……。
フィリス　（キャロルに）救急車を呼んで。
ジュリエット　ああ、何もかも赤くなってしまって……。
キャロル　この子、ほんのネンネなのに、安全装置のはずし方は知ってたのね。ブラボー。
フィリス　さあ、早く出ていきなさい。警察が来る前に。おとなしくあのドアから出ていって、家へ帰るのよ。
ジュリエット　ああ、サム、本当にごめんなさい。
サム　うちの居間のテーブルに、どうしてドイツ製の半自動銃があるんだよ。
ハワード　僕の作ったラヴィオリ、どうだった？　誰か、サラダが欲しい人は？
フィリス　（ジュリエットに）早く行きなさい。警察が来るわよ。あなたがウォール街で知られた銀行家の美人令嬢だってわかったら、警察は舌なめずりしてマスコミに情報を流すわよ。
ジュリエット　私、こんなことするつもりはなかったの。これは事故よ。
フィリス　事故なんてあり得ないのよ。まだわからないの？　さあ、早く家へ帰って、おとなしくしてなさい。話は月曜日にしましょう。（キャロルに）それ、貸して。
キャロル　ハワード、コートを取ってきて。私たち、帰るわよ。映画チャンネルで、『魂を失った人々の島』をやるはずよ。私たちの名前が出てくるかどうか、見なくっちゃ。

ハワード　途中でゼイバーの店に寄れるかな。ナツメグを切らしてるんだ。
キャロル　ナツメグなら一生分あるわよ。
ジュリエット　さようなら、リッグス先生。月曜日のいつもの時間に伺います。
サム　ジュリエット、ジュリエット、行かないでくれ。僕は君を愛してるんだ……。

照明が消えていく。

フィリス　さあ、サム、もういい加減に目を覚まして。あの子はあなたのお尻を撃ったのよ。それはつまり、あなたはもう願い下げだってことでしょ！

訳者あとがき

ウディ・アレンが久し振りに本を書いた。

それがThree One-act Plays（3つの一幕劇）というタイトルの戯曲集であり、本書『ウディ・アレンの浮気を終わらせる3つの方法』はその全訳である。

映画監督としてよく知られるアレンは、これまでにも何冊か、『ニューヨーカー』誌に発表した作品などを収めた短編集を出版してきたが、戯曲はこれがはじめてである。

ここ数年アレンの新作映画を見るたびに、私には、彼が否応なく年老いていき、緊張感のある映画作りをする精神的肉体的体力を失いつつあるのではないかと思えて、一ファンとしては寂しいかぎりだったのだが、今度の戯曲集には、往年のアレンらしいウィットとユーモアが横溢《おういつ》していて、私としては嬉しいかぎりだった。

「リヴァーサイド・ドライブ」「オールド・セイブルック」「セントラル・パーク・ウェスト」というタイトルのどの芝居でも、登場人物はアレンの作品ではお馴染の都会派のニューヨーカーたちである。どの作品でも、彼らの穏やかなはずの日常生活の中で、突然、思いがけないときに不貞の事実が明らかになり、波風が立ち始める。そして、彼らが戸惑い、混乱する様子が、いかにもアレンらしい、ときに毒のきいた会話で描かれていることが、この3作品に共通する魅力である。

3作品に共通するテーマは、中年夫婦の倦怠《けんたい》であり、それに起因する浮気が引き起こす夫婦の危機である。浮気が発覚したときの夫婦や愛人たちの個性的な反応や、そこから始まる夫婦の口論と顚末が、アレンらしいウィットとユーモアを込めて描かれていて、実際に舞台で上演されるときにはかなり笑いがとれるだろうと推察された。いや実際に、この本に収録されたアレンの芝居はすでに、ニューヨークのオフ・ブロードウェイや、東海岸各都市の劇場で上演され、好評を博している。

とりわけ「リヴァーサイド・ドライブ」と「オールド・セイブルック」の2作品は、オフ・ブロードウェイで定評のあるアトランティック・シアター・カンパニーの手で、『作家《ライターズ》の壁《ブロック》』と題されてアレン自身の舞台初演出で上演され、観客から多くの笑いを誘った。

また、彼の新作戯曲の『中古の思い出《ア・セカンドハンド・メモリー》』も二〇〇四年十一月からニューヨークのアトランティック・シアター・カンパニーにより上演され、好評につき、すでに続演が決定している。

こうしてすっかり舞台づいているアレンだが、二〇〇五年には、日本で彼の新作映画も三本、『さよなら、さよならハリウッド』『メリンダ・アンド・メリンダ（原題）』『エニシング・エルス（原題）』も公開される予定である。

ウディ・アレンは、一九三五年十二月一日に、ニューヨークのブルックリンで生まれている。ニューヨーク大学の映画科を中途退学したあと、テレビ番組のコメディ・ライターやスタンドアップ・コメディアンとして修行を積み、一九六五年、『何かいいことないか子猫チャン』で脚本家兼俳優としてデビューして映画界で活躍するようになり、七七年には『アニー・ホール』でアカデミーの監督賞と脚本賞を、八六年の『ハンナとその姉妹』ではオリジナル脚本賞を受賞している。

私生活では、一九五六年、まだ二十歳のときに最初の結婚をしたが六年後には離婚し、その後六六年に、女優の卵のルイーズ・レッサーと再婚したものの、この結婚も三年ほどしか続かなかった。

その後、アレンは、『ボギー！　俺も男だ』で共演した女優のダイアン・キートンと親しくなり、一時は共同生活をしていた時期もあったのだが、残念ながらこの関係も長くは続かなかった。アレンの映画の大半は、多かれ少なかれ彼の私生活を題材にしているが、彼の代表作のひとつである『アニー・ホール』は、このキートンとの関係をかなり脚色して描いた作品である。

が、アレンとキートンは別れたあとも、かけがえのない友人、良き相談相手であり続け、後年、アレンが、長年付き合ったミア・ファローと別れるときに大スキャンダルに巻き込まれたときも、友人としてアレンを支えたのは、ダイアン・キートンだった。

アレンは、キートンと別れたあと四十四歳のときに、十歳年下で元フランク・シナトラ、アンドレ・プレヴィン夫人のミア・ファローと出会い、親しく付き合うようになって、ニューヨークのセントラル・パークをはさんで東と西のアパートメントに別れて住みながらもパートナーとして共同生活を営み、『ハンナとその姉妹』『夫たち、妻たち』をはじめとする十三本の映画を協力して作った。また、私生活でも、二人のあいだにできた実子や養子の養育に協力して当たった。

しかし、一九九二年、五十六歳のときにアレンは、ミアとアンドレ・プレヴィンの養女で、当時二十一歳の大学生だったスンイと、男女の関係を結ぶようになり、それがミアに知れたことから、二人は、子供たちの養育権や慰謝料、養育費をめぐって泥沼の裁判沙汰に巻き込まれることになってしまうのである（ウディ・アレンの生涯やその作品の特徴についてさらに詳しく知りたい方は、拙著『ウディ・アレンのすべて』を参照されたい）。

良かれ悪しかれ、こうしたアレンの私生活での実体験が、本書に収められた戯曲にも投影されていることは間違いないが、それぞれの芝居はあくまでも、そうした体験を乗り越えてきたアレンが一個の作品として書き上げたものであり、そこには、アレンの映画にも通じるウィットやユーモアがふんだんに盛り込まれ、同時に、映画ではなく舞台だからこそ味わえるナンセンスや不条理も見事に取り込まれている。「リヴァーサイド・ドライブ」や「オールド・セイブルック」の後半の展開などはまさしくその典型と言えるだろう。

じっくりとご賞味いただければ幸いである。

二〇〇五年一月

井上一馬

装丁＝小田島　等

Woody Allen《ウディ アレン》 １９３５年１２月１日、ブルックリン生まれ。ニューヨーク大学の映画科を中途退学したあと、ＴＶ番組のコメディ・ライターやスタンドアップ・コメディアンとして修行を積み、『何かいいことないか子猫チャン』(1965)で脚本家兼俳優として映画デビュー。『アニー・ホール』(1977)でアカデミーの監督賞と脚本賞を、『ハンナとその姉妹』(1986)ではオリジナル脚本賞を受賞。アメリカ映画が誇る、「自作自演」の巨匠。最新作は『さよなら、さよならハリウッド』(2002)。また、オフ・ブロードェイで上演された『作家の壁』(2003)で劇作家兼演出家としてデビュー。新作戯曲の『中古の思い出』(2004)も、ＮＹのアトランティック・シアター・カンパニーにより上演され好評を博している。

井上一馬《いのうえかずま》 １９５６年(昭和３１年)東京生まれ。出版社勤務を経て、執筆・翻訳活動に。訳書に、ボブ・グリーン『アメリカン・ビート』(河出書房新社)『チーズバーガーズ』(文藝春秋)、タキ『ハイ・ライフ』(光文社・知恵の森文庫)、ダーシー・フレイ『最後のシュート』(福音館書店)など。著書に、小説『モンキーアイランド・ホテル』、『ブラック・ムービー』(以上、講談社)、『自由が丘物語』『モーニング・レイン』『アメリカ映画の大教科書』『英語できますか？』(以上、新潮社)、『ブロードウェイ・ミュージカル』(文春新書)、『銀座「美味」巡礼』(ＰＨＰ研究所)、『通勤電車ではじめる英語』『使うための大学受験英語』『井上一馬の翻訳教室』(筑摩書房)などがある。

ウディ・アレンの浮気《うわき》を終《お》わらせる3つの方法《ほうほう》

二〇〇五年二月 五 日第一刷発行
二〇〇五年五月一〇日第二刷発行

訳者 © 井上一馬
発行者 川村雅之
発行所 株式会社白水社
電話 〇三-三二九一-七八一一(営業部) 七八二一(編集部)
住所 〒一〇一-〇〇五二 東京都千代田区神田小川町三-二四
http://www.hakusuisha.co.jp
振替 〇〇一九〇-五-三三二二八
印刷所 株式会社理想社
製本所 松岳社株式会社青木製本所

乱丁・落丁本は送料小社負担にてお取り替えいたします。

Printed in Japan

ISBN4-560-03590-3